LE BANC

A Brigitte,

En espérant
toucher autant
qu'Echillon ...

Maquette et mise en page :
Marc Dubois, Lausanne
marc@mdvr.ch

Correction :
Emmanuelle Narjoux Vogel, Paris
enarjoux@hotmail.com

Photographie de couverture :
Jean-Philippe Daulte, Lausanne
www.jph-daulte-photo.com

*Cet ouvrage a bénéficié du soutien de
l'association « A contrario », à Lausanne.*

ROMAN NOIR

LE BANC

JEAN CHAUMA

fictio

bsn
PRESS

Du même auteur :

Bras cassés [roman], Lausanne, Antipodes,
collection « Trait noir », 2005.

Poèmes et récits de plaine, Lausanne, Antipodes,
collection « A contrario », 2008.

Chocolat chaud [nouvelles], Lausanne, Antipodes,
collection « A contrario », 2009.

Ma vie se présente à moi en séquences.

Je n'arrive pas à trouver un lien, une constante entre elles.

Je suis comme dans une galerie de peinture où le même artiste exposerait plusieurs de ses toiles. On sait que c'est le même parce que l'exposition lui est dédiée. Un œil exercé, connaisseur, pourrait trouver ici ou là des similitudes dans le coup de pinceau, dans la couleur.

Mais mon regard n'est pas exercé à voir, j'ai porté des œillères toute ma vie. Je ne sais que ressentir. Ce que j'appelle mon instinct n'est basé que sur des sensations. Ma vue est basse et bornée. Je vis comme la chauve-souris, en aveugle, au radar.

Je dis cela mais je n'en suis pas bien sûr.

Je n'ai jamais été sûr de grand-chose.

Cette nuit, ce petit matin, une sorte de doute s'est insinuée en moi. Comme la balle prise en pleine poitrine. Le doute s'insinue en moi au fur et à mesure que le sang s'échappe.

C'est quelque chose comme un radar qui m'a amené jusqu'ici.

Ici où je me suis assis, sur ce banc en lattes de bois peintes en vert. Un banc gelé comme une tombe.

C'est l'hiver, tout est glacé, nuiteux.

Le banc est sous les arbres, dans cette espèce de jardin vers le bas des Champs-Élysées, à la hauteur du théâtre Marigny.

Devant moi, dans un bruissement de pneus, à vive allure, des voitures remontent l'Avenue vers l'Étoile ou descendent sur la Concorde.

Tout, autour, n'est que silence végétal. Très loin je perçois un bourdonnement, Paris qui vit. Et moi, sûrement, qui meurs.

J'ai le haut du corps, côté droit, brûlant, le reste est glacé. J'ai mal, mais ce n'est rien devant l'immense tristesse qui me submerge.

Je vais finir à quelques dizaines de mètres d'où tout a commencé après une course folle.

J'ai commencé par un jeu d'enfant, d'adolescent, à me faire croire, à me faire peur. Trente-cinq ans plus tard, le jeu est devenu concret par la blessure que je porte au côté droit. Pas plus réelle que mes fantasmes de 15 ans s'est juste rajoutée au jeu une vraie balle qui m'est entrée dans le corps. Je lève mon bras gauche, que je peux encore bouger, je tends le pouce en fermant le poing, m'adressant aux voitures qui filent devant moi, en ouvrant à peine les lèvres :

« Pouce, c'est pas du jeu, y a pas le droit de faire ça... »

Comme un enfant je pleure sur moi-même, agacé, trépignant devant les autres qui ne respectent pas la règle du jeu.

« C'est pas juste !

– On t'a touché t'es mort ! me crie une voix asexuée. Tu dois rester par terre, t'es mort ! »

J'ai tourné la tête vivement sur la droite, réveillant la douleur.

« C'est pas juste, je réponds. C'est pas juste. »

Ce que je trouve de pas juste ce n'est pas de mourir. Je ne sais pas ce que c'est, mourir. Il m'est arrivé de voir des gens mourir. Ils étaient vivants et ils sont morts, nous nous détournions d'eux, les abandonnant. La joie, l'excitation que je ressentais alors ne venait pas de les savoir morts, je m'en aperçois à présent. Cette terrible joie me venait du fait que moi je restais dans le jeu et qu'eux devaient rester par terre parce qu'ils avaient été touchés. Il n'y a rien de plus humiliant lorsque, enfant, en jouant aux Indiens et aux cow-boys, on doit rester allongé par terre à faire le mort pendant que les autres continuent à se tirer des coups de revolver et à bander leurs arcs. Voilà tout mon sentiment d'injustice et de tristesse. Mis sur le banc de touche, je n'ai plus le droit de bander mon arc parce que j'ai été touché.

Ne plus bander.

On devrait pouvoir tout demander à un homme sauf de ne plus bander.

Un homme peut toujours bander même dans les endroits les plus sordides, les plus difficiles, les plus dangereux. Mais il cesse de bander lorsqu'on lui interdit de le faire. Pour bander il faut à la fois une autorisation et une reconnaissance.

Généralement c'est la femme qui autorise et qui prend en compte. Certains commencent à bander tôt, d'autres plus tard, avec les putes par exemple.

« Alors tu bandes chéri ? »

Le jeune micheton ne semble pas bien comprendre ce que madame la pute lui veut, peut-être encore un peu d'argent. Elle l'attrape par la queue et le tire au lavabo.

« On va nettoyer cette petite chose et puis après faudra bander, on a juste un quart d'heure. »

Le puceau se fait laver la queue avec le corps un peu mou de la femme à côté. Il n'ose pas la toucher. Le geste sur sa queue lui rappelle sa maman lorsque, enfant, elle le lavait de la tête aux pieds debout dans la baignoire.

« Eh voilà ! Elle prend de la consistance, profitons-en mon chéri pendant qu'elle veut bien bander ! »

Et le jeune type de se dire : « Ah, c'est ça bander, d'accord, maintenant je sais... »

J'ai connu une mère de famille dont les quatre enfants avaient l'âge de l'école.

Pour mettre du beurre dans la marmite familiale elle gardait, non déclarés, des bébés que les mères passaient déposer chez elle au petit matin et venaient rechercher en fin d'après midi. Ses enfants mangeaient à la cantine, le mari, lui, rentrait déjeuner vers les midi et repartait à 13 heures tapantes.

Je l'attendais en bas de l'immeuble.

« Bonjour monsieur !

– Salut p'tit. »

Il remontait dans sa voiture, une fois qu'il avait tourné le coin de la rue, je sautais dans l'ascenseur pour rejoindre sa femme.

« Il est parti ? »

J'allais à la fenêtre pour voir si le mari ne revenait pas.

« Oui il est parti. »

Elle couchait les enfants qu'elle avait en garde pour une sieste, pendant que je me déshabillais et défaisais le lit conjugal.

Cette salope adorait se faire manger la chatte.

Son mari, paraît-il, ne voulait pas entendre parler de cela.

Après quelques baisers, nous nous installions en 69 et nous restions ainsi un temps interminable à nous lécher, nous sucer.

Je m'appliquais, sérieux, technique.

Quelquefois j'avoue que je m'ennuyais un peu, elle ne semblait pas s'en apercevoir et moi je pensais aux billets qu'elle allait me refiler.

Ce qui donnait le timing de la séance de léchage c'était les pleurs des enfants à côté. Tant qu'un seul pleurait, elle me tenait bien serré la tête entre ses cuisses. Mais les mômes finissaient par brailler tous en même temps. Dans un mouvement d'humeur elle me relâchait et se levait. Terminé.

Elle installait les mioches sur la grande table de la salle à manger pour les changer pendant que je me rhabillais. Une fois les mioches bien nettoyés au lait de bébé, elle soulevait les garçons entre ses mains fortes et épaisses, seulement les garçons, et elle se mettait à gober leur minuscule bistouquette en s'écriant d'une voix excitée : « Oh le petit salaud ! Oh le petit cochon ! Mais il bande déjà ! » Chaque phrase était ponctuée d'un gobage de zizi avec un bruit comme si elle soufflait dans la vessie d'un ballon.

Ce sont les femmes qui déclarent ouverte la saison de bander. Ce sont elles qui disent si oui ou non. Malheur à celui qui ne recevra pas l'autorisation.

Ce qui n'est pas juste dans le fait que je vais certainement mourir, là, bientôt, peut-être dans une seconde, ce qui me rend triste, c'est l'idée de ne plus pouvoir participer au jeu.

C'est ainsi que tout a commencé, comme un jeu. J'avais 15 ans, je dévalais les Champs sur le trottoir d'en face, dans une course folle, imaginant une poursuite.

Je suis persuadé de ma mort, je la sens là. Il me semble me vider de mon sang à l'intérieur de mon corps, j'ai dans la bouche un goût de rouille, un goût de sang, un goût fade que j'ai appris à connaître avec Maryse.

Le problème c'est qu'elle est plus vieille que moi et qu'elle l'a toujours été. Elle a un an de plus. Une année qu'elle a mise entre nous dès le début. Maryse c'est la fille de l'hôtel. Aujourd'hui, m'a-t-on dit, elle en est la patronne, elle en a hérité à la mort de ses parents.

Elle était une des deux filles de la bande. Une bande qui n'était pas ma bande, mais la bande d'en bas de chez moi lorsque j'étais môme. Des gosses de 10, 11, 12, 13 ans et Maryse faisait partie des plus vieux. Je n'ai jamais su pourquoi cette année de moins m'a relégué pour toujours dans le clan des enfants immatures, cela me vexait beaucoup. Un jour, je devais avoir 11 ans, et elle 12, bien entendu. Elle s'était assise à la terrasse du bistrot attenante à l'hôtel, elle était seule. Je passais sur mon vélo. Elle avait une blessure au genou, elle léchait son sang à l'aide d'un doigt. C'était l'été, il faisait grand soleil, beau et chaud, les autres devaient être à la piscine. Je crois me souvenir que j'avais osé lui donner le conseil de se faire soigner avec du mercurochrome. Elle avait haussé les épaules en me disant qu'il suffisait d'un peu de salive pour stopper le sang. Elle avait pris le creux de son genou à deux mains pour l'amener à sa bouche et lécher la blessure, mais l'entaille se trouvait trop bas. En levant la jambe elle dévoila une petite culotte encore enfantine. Je ne sais d'où m'est venue l'idée, sans rougir, sans trembler, sans peur je me suis mis à genoux devant elle et, pendant une longue seconde, j'ai léché sa plaie et bu son sang. Ses jambes étaient sales comme peuvent l'être celles d'une enfant qui vadrouille toute la journée. Là où j'avais léché, la peau était devenue rosée, le sang ne coulait plus. Je me suis relevé doucement, je me souviens j'avais envie de pleurer et, une fois remonté sur mon vélo, je ne sais pas comment nous avons fait, je ne l'ai plus jamais revue.

Maintenant, comme un gros connard que je suis, à deux doigts de mourir, je me rends compte. Toute ma vie j'ai agi ainsi.

Je suis triste de mourir l'âme remplie de regrets.

De nouveau il me semble voir de l'autre côté de l'Avenue l'adolescent courir à toute vitesse, à grandes foulées, poursuivi par des policiers imaginaires.

Je suis tellement en colère après moi que j'en oublie la mort et la douleur.

Chimères, ma vie n'a été faite que de chimères.

L'adolescent court, non pas pour attraper ses rêves mais pour fuir ses chimères.

C'était le printemps 1968, je n'avais pas encore 15 ans. Dans Paris il s'était passé des choses auxquelles je ne comprenais absolument rien. J'avais profité de tout ce remue-ménage pour m'éclipser de la maison. J'ai toujours été persuadé que personne ne s'en était rendu compte. Après les événements, lorsque tout le monde est retourné au travail, quelqu'un a dû dire : « Vous n'avez pas vu Sébastien ? » Les hommes faisaient grève et cela était très ennuyeux. Il m'était beaucoup plus difficile de prendre leur femme derrière leur dos. Surtout que, devant la télé ou en jouant à la pétanque, un verre de pastis à la main, ils prenaient des airs de conspirateurs, de révolutionnaires. Des révolutionnaires il y en avait deux à la maison, le dernier mec de ma mère que je n'étais pas obligé, pour une fois, d'appeler papa, et l'un de ses frères à elle en cavale.

Assis sur mon banc tombal me vient une drôle d'impression, inconnue de moi jusqu'alors.

Au milieu de Paris.

Au milieu de la nuit.

Sous les grands arbres je peux voir les voitures qui passent sur l'Avenue, plus haut les gens qui déambulent encore sur les larges trottoirs, plus loin encore j'imagine la vie dans les hôtels particuliers, les appartements. Je m'aperçois pour la première fois de mon existence, de tout Paris, du monde autour de la ville. Est-ce l'effet de la vie que je perds par cette blessure au côté ? Il s'est établi entre moi, assis sur ce banc en bout de course, et le reste du monde une distance, un no man's land qui ressemble à la froideur de cette nuit d'hiver, à cet éclairage nocturne de la grande ville. Rien de morbide dans cette impression, elle ne vient pas avec la mort.

Le fait d'être assis là sans pouvoir bouger, sans plus de raison de bouger puisque je me sens à deux doigts de mourir, presque au ras du sol, s'offre d'un seul coup une nouvelle perspective ou, plus exactement, une perspective. D'un seul coup je ressens en profondeur le monde qui m'entoure, les choses, les gens et les événements qui jusqu'à présent se collaient à moi comme des badauds amalgamés devant une vitrine. D'un seul coup il me semble que je m'en dépouille, que je m'en décharge.

Pour la première fois ma vie prend un ordre chronologique. L'ado qui court ce n'est plus moi aujourd'hui, je vois toute la chimère de ma course enfantine qui m'a tenu toute ma vie. Même la balle qui a traversé mon corps et qui me vide de mon sang n'est plus aussi présente à mon esprit qu'une heure auparavant.

Cette lucidité qui tombe sur moi ainsi, juste à la fin, me remplit d'une tristesse incommensurable. Comme un robinet ouvert en grand arrivent à mon esprit toute l'inutilité, toute la vacuité de mon existence que j'avais la prétention de croire bien remplie.

Ma course n'était qu'un jeu d'enfant dans un bac à sable.

Un jour, comme l'enfant se dit je veux être le cow-boy, sans savoir ce qu'est un cow-boy, je me suis dit : « Je veux être un voyou. »

Si on dit à l'enfant qu'un cow-boy c'est un ouvrier de ferme qui passe son temps à suivre au pas de son cheval des vaches bouseuses et beuglantes, sans doute voudra-t-il changer de rôle et peut-être de jeu. Hélas il m'aura fallu trente-cinq ans pour savoir que jouer au voyou c'est avoir des goûts vulgaires, moutonniers, que cela implique de passer une grande partie de sa vie dans des culs-de-basse-fosse de la République. Et, le reste du temps, accoudé aux bars de bouges sordides des grandes villes, à faire le beau devant les filles.

On ne sait jamais réellement pourquoi on meurt ni pourquoi on est vivant.

On est vivant sans le vouloir et la plupart du temps, si ce n'est pas toujours, on meurt sans le vouloir. Irresponsable de sa vie et de sa mort, on peut mettre ces deux choses de côté, s'en séparer comme ne nous appartenant pas. Si j'avais su faire cela, j'aurais pu créer ma première distance. Délimiter ce qui est de moi, de mon possible et ce qui ne m'appartient pas, ma naissance et ma mort. J'ai vécu avec l'une et l'autre, le nez collé à la vitrine sans pouvoir m'en détacher. Tellement amalgamé que j'osais prétendre ne pas avoir peur de la mort. Dans mon bac à sable j'en avais fait un personnage : « Moi je suis le bandit et toi tu es la mort. » J'avais donné une place et un costume à la mort : « Alors voilà, toi tu es la mort et tu te places ici et tu fais comme ça. » Dans mon grand orgueil j'ai cru jouer avec la mort. Je me rends compte maintenant que je n'ai fait que jouer avec moi-même, je me suis joué de moi-même. Me voilà rabaissé à ce que je suis en réalité. Ce qui me tue ce n'est pas la mort, mais un sordide fait divers. La mort c'est ce qui vient après lorsqu'on n'est plus vivant, la mort ne joue pas. Je vais quitter ce monde par un sordide fait divers, comme je suis venu au monde par un fait divers qui, à bien y regarder, n'était pas moins sordide. Comme la mort ne peut pas être le personnage d'un jeu, la naissance ne peut pas être jouée et encore moins rejouée. J'ai cru manipuler ma mort comme j'ai cru manipuler ma naissance, confondant ma naissance avec ma mère.

Si naissance et mort ne peuvent être des personnages de jeu, par contre ma mère était un personnage. Il y a des gens dont on dit d'eux dans un clignement d'œil : « Celui-là c'est un vrai personnage. » Manipulé par ma mère comme une marionnette, j'ai eu le droit en retour de la manipuler. Elle fait partie de ces gens qui n'ont de cesse de répéter à leurs enfants que c'est grâce à elle qu'ils sont nés. D'où mon erreur. Renforcée par le fait que j'ai pu après ma naissance replonger d'où je venais. Ce retour au ventre de ma mère m'a fait croire que j'étais complice de ma propre naissance. J'ai confondu les cris de douleur de l'enfantement et les râles de plaisir. J'ai été à la fois les mains de l'accoucheur et le museau du nourrisson barbouillé des eaux de la femme. On m'avait saisi la tête pour me faire sortir, elle pesait sur ma nuque pour me faire rentrer.

Ma mère toute sa vie a été le personnage d'un fait divers potentiel.

À deux doigts de mourir il est trop tard pour dire quelque chose de mon enfance. Il me faudrait des années d'analyse pour savoir ce qui s'est passé. Je me souviens de ses maris que je devais appeler papa. Je ne suis pas certain de savoir qui est mon géniteur, mais cela n'a jamais été très important puisque : « Tu sais que ta maman t'aime. » Là encore les choses m'ont été présentées comme un jeu.

Il faut dire que contrairement aux autres la mienne n'était pas sur le banc avec les autres matrones à surveiller leurs rejetons, elle a toujours été avec moi dans le bac à sable.

Un jour, donc, elle est venue me proposer un nouveau jeu, un nouveau personnage, un personnage qui n'était pas la femme ou la sexualité ou l'amour, mais la jouissance des femmes : « Alors voilà tu seras la jouissance des femmes. » Sous-entendu que la jouissance n'était pas de la femme mais de moi, elle n'est pas en la femme mais en moi et je l'offre en cadeau comme on offre un bouquet de fleurs ou un bijou. Je me suis baladé avec une mallette d'échantillons de jouissance de femme et j'ai toqué aux portes comme un représentant. Pour ma mère la femme est par nature frigide et pucelle, comme Marie la femme est perpétuellement vierge, et l'enfantement comme la jouissance viennent d'ailleurs comme un commandement : « Maintenant tu enfanteras, et maintenant tu jouiras. »

Dans le bac à sable elle jouait le personnage de l'irresponsable. L'enfant qui sort de son ventre, la jouissance qui lui tord le ventre ne viennent pas d'elle.

Tout cela était tellement confus, confusion, confondu, fusionnel comme peuvent l'être deux matières sans esprit, que j'en suis arrivé à fusionner avec le con de ma mère, à me fondre en son con.

Ce n'est pas que j'aie ressenti du dégoût, de la honte, de la peur, bien au contraire j'adorais cela.

Je me suis mis à courir lorsque j'ai eu le sentiment que la vitre qui me séparait des gens, des choses, des événements agglutinés allait se briser. J'ai fui, prenant pour la première fois mes jambes à mon cou.

Je serais curieux de voir sa tête quand elle va apprendre que je suis mort, comment jouera-t-elle cela ? Elle cherchera à s'accaparer ma mort. Comme elle a fait croire qu'elle était ma naissance, elle fera croire qu'elle est ma mort.

Je vois bien là toute la bêtise prétentieuse de cette femme, que j'ai reprise malgré moi à mon compte. Petites gens dans de petites vies, qui se croient naissance et mort.

Toute ma vie, tout mon banditisme est sous ce signe.

Ce banc glacial où je me suis couché fait partie du bac à sable, j'entrevois maintenant tout mon jeu misérable d'enfant immature, je n'ai fait que tourner en rond sur moi-même, ramené sans cesse à la porte du ventre de ma mère, j'ai oublié de vivre le reste du monde.

Donc.

Vers la fin du printemps 68.

Au début de l'été.

J'étais au bout de ma quinzième année.

Je suis parti de chez moi, je me suis éclipsé comme un invité qui quitte en douce une réception où il se sent complètement étranger, où il s'aperçoit que sa présence n'a pas de sens pour lui ni pour les autres invités.

Je suis parti de chez mes parents, de chez ma mère, de chez ma famille.

Ces mots n'ont pas beaucoup de sens pour moi, n'ont pas beaucoup de chair, je sais ce qu'ils veulent dire, ce qu'ils représentent, mais je ne sens aucune attache envers eux, je ne porte en moi aucune terre promise ni aucune patrie. Ceci a constitué un manque, un vide que j'ai tenté de combler toute ma vie. Plus exactement, sans le savoir, sans le vouloir, j'ai maladroitement tenté d'exister, j'ai essayé, sans me le dire, de me placer quelque part, comme je me suis placé cette nuit sur ce banc.

Mon existence n'en a pas été une puisque j'ai passé mon temps à me débattre, à jouer des coudes pour me placer là où la place n'était pas la mienne, comme ces gens dans le métro bondé qui, collés les uns aux autres, tentent sur la pointe des pieds de se trouver une place. Mais les secousses du train les déséquilibrent, les quelques centimètres de place qui étaient à eux un instant sont perdus, quelqu'un d'autre piétine leur territoire et, en même temps, sans le vouloir, ils se sont placés sur le territoire d'un autre. Et les voilà de s'excuser comme des imbéciles montrant la négation de leur présence, de leur être car, n'ayant pas d'autre endroit où se placer, ils s'excusent donc d'être là, d'exister.

Ainsi j'ai passé mon temps dans la promiscuité des autres, cherchant au milieu d'eux mes quelques centimètres de patrie mais, dans le même temps, m'excusant d'être là, de ne pas être à ma place, c'est-à-dire que je m'excusais non pas d'exister mais de ne pas exister.

Tout découle de cela, ne pas être placé et pourtant prendre de la place. Une sorte d'anachronisme comme quelqu'un qui ne serait pas là à la bonne heure.

Le type est costaud, cent dix kilos de muscles, de graisse et d'os, une tête de brute, un regard qui semble ne pas vous voir. Il est là. Planté au milieu. Personne n'ose aller lui dire qu'il n'a rien à faire là. Il s'est placé là sans trop savoir pourquoi. Il se demande ce qu'il fout là. Il pressent que les autres se posent la même question. Mais où aller et comment y aller ? Il faut attendre la secousse du métro ou un tremblement de terre.

Couché sur le banc j'essaie de me relever, mais la douleur me paralyse, je m'installe sur le dos, je place mon chapeau feutre sous ma nuque, je boutonne mon manteau jusqu'au col. Je suis certain de ma mort très proche, j'ai affreusement mal à chaque respiration, mes pieds sont gelés et, pourtant, je dois bien le reconnaître, pour la première fois de ma vie je suis bien.

Mes idées sont confuses, m'échappent, je ferme les yeux pour me concentrer, c'est que je n'ai pas beaucoup de temps.

Exister ce n'est pas trouver sa place, ce n'est pas conquérir un endroit et se placer au milieu. Ce n'est pas non plus une terre qui nous est remise en héritage. On n'existe pas par la volonté. Exister c'est tout simplement avoir conscience d'être, et avoir conscience c'est se savoir, se voir, se reconnaître, se prendre en compte comme étant placé là. Un *là* qui est à la fois ici et ailleurs. Il n'y a pas d'excuse ou de raison d'exister, la chose est ainsi, c'est un fait indépendant de soi-même, séparé de soi-même, il n'y a pas à demander la permission aux autres, il faut se le permettre à soi-même, se permettre de reconnaître son existence. Ce soir, sur ce banc, je ne suis ni bien ni mal, je suis. Je me sens faible dans cette nouvelle idée, mais, malgré moi, elle s'infiltre d'évidence. Voilà une chose qu'on ne pourra plus me prendre. Je suis. Quoique l'on puisse me raconter ou que je puisse me raconter, je suis. Placé là, j'existe.

Me voilà d'un seul coup riche de deux évidences, de deux vérités : je suis et je vais mourir. Je sens un rire de triomphe qui monte de mes entrailles et réveille ma blessure.

En tous les cas voilà une bonne chose de faite.

Je tourne mon regard vers l'Avenue, quelque chose est passé dans un rire d'enfant.

Lorsque j'ai fugué, je ne savais pas grand-chose du monde, de la ville et des gens. J'avoue que trente-cinq ans plus tard je n'en sais pas plus.

Il faut dire que je ne me suis pas intéressé à ces choses-là.

D'abord j'ai su très tôt que le monde était trop grand pour moi et que je perdrais mon temps à vouloir l'appréhender dans son ensemble. La ville et les gens de la ville ont été accueillants envers moi.

C'était l'été.

Il faisait beau.

Le vent d'une révolution douce avait soufflé, une révolution à la parisienne.

Personne ne semblait inquiet ou surpris de me voir là, déambulant au milieu de la foule. Les nuits étaient aussi chaudes et aussi peuplées que les jours. Vers les quatre heures je trouvais un banc comme celui-ci et je m'endormais, le chaud soleil me réveillait et les passants passaient sans plus s'occuper de moi. À l'époque, voler dans les magasins, aux achalandages des épiceries n'était pas très difficile, je me nourrissais de pâtisseries de supermarché et de fruits frais. Pour un jeune garçon souple, rapide et prudent, les transports en commun étaient gratuits, je pouvais ainsi filer dans tous les sens d'un bout à l'autre de Paris. Des livreurs ou autres abandonnaient leur vélomoteur sur les trottoirs, quelquefois le moteur tournait au ralenti, il suffisait de sauter dessus, de faire basculer la béquille et le tour était joué. Je trouvais cela très amusant, très excitant. Le casque n'était pas obligatoire, vous pouviez rouler comme cela, slalomer entre les voitures, rouler sur les trottoirs. Si elle tombait en panne, j'abandonnais la mob et en volais une autre. Un jour, à cheval sur une Bleue à selle double, je me suis retrouvé à la Porte d'Italie.

Les voitures allaient et venaient agressives.

Je restais indécis, les deux pieds au sol, appuyé sur le guidon de la machine. J'étais tenté de passer la Porte et de m'engager dans la banlieue.

Mais cela m'inquiétait un peu.

N'étais-je pas un aventurier, un homme libre...

Je poussai l'engin en avant et me lançai.

Une fois la Porte franchie, coupant ainsi avec la ville, j'entamai le long chemin de la nationale 7, qui, je le savais, pouvait me conduire jusqu'à la mer.

L'idée m'enchanta.

La mer !

Je traversai Villejuif, longeant à ma gauche le Kremlin-Bicêtre. De là jusqu'à Chevilly-la-Rue c'était déjà un peu la campagne, de douces rafales de vent semblaient pouvoir stopper ma mob, les voitures lancées à vive allure me dépassaient dans un souffle, je n'étais pas sûr d'aller bien loin avec l'essence contenue dans le minuscule réservoir.

En vérité je n'étais pas encore prêt pour la grande aventure, celle des voyageurs au long cours.

En toute hâte, pédalant pour aider le moteur deux temps, je fis demi-tour pour rejoindre la grande ville qui savait si bien me protéger. Je n'ignorais pas à l'époque que jamais je ne serais un grand voyageur et que, plutôt que de prendre le large, j'allais m'enfoncer dans la ville, dans ses souricières et ses cachots.

J'avais choisi deux quartiers pour passer mes nuits.

De Saint-Germain à Saint-Michel et de l'Étoile à la Concorde.

Bizarrement je me sentais plus étranger, plus visible, moins en sécurité à Saint-Germain, qui était pourtant plus jeune, plus bohème. Il faut dire qu'il attirait beaucoup plus les policiers, événements obligent, il fallait bien surveiller tous ces chevelus, fumeurs d'herbe et artistes de rue. Alors que, sur les Champs, les flics portaient des gants blancs pour faire la circulation.

Le choix des choix.

Comment se fonde un choix.

Bien sûr on peut revenir en arrière, se souvenir, de causes en effets et d'effets en causes, on peut demander comment les choses se sont passées et en déduire un choix de l'époque, on peut comprendre en voyant les ancêtres dans l'album de famille, tous militaires, pourquoi on a choisi la carrière ou pourquoi on déteste l'armée, on peut aussi savoir que, pris d'alcool ou de drogue, on a fait des choix inconscients, on peut aussi regretter ces choix qui nous dépassent, pris sous la pression d'un besoin, d'une passion, d'un désir, on peut redescendre aux confins de notre mémoire. Il reste pourtant des choix qui restent incompréhensibles.

D'où, comment est venue cette idée ?

Le choix peut être des plus banals, négligeables ou bien marquer, tordre toute votre vie.

Couché à mort sur mon banc lugubre montent en moi par vagues successives des océans de regrets.

Toute mon existence se présente à moi comme une blessure de regrets, tous me viennent de choix que j'ai faits. Je vois parfaitement comment là et là j'ai mal choisi et mal agi, mon regret se double de m'apercevoir qu'il aurait suffi d'un rien pour un autre choix, mon regret se triple en sachant que chaque mauvais choix je l'ai fait pour suivre quelqu'un d'autre, une femme, un homme, une mode.

Mais il y a des choix que je ne peux pas regretter, ne sachant pas pourquoi ni comment je les ai faits.

Un choix, une idée semblant venir de nulle part.

Par exemple quelques jours avant de me mettre à courir sur la grande Avenue.

J'arrivais au bout de mes 15 ans.

J'étais grand et fort pour mon âge, au point de faire physiquement peur au dernier mari de ma mère. Pour fuguer j'avais passé son costume du dimanche et chaussé ses pompes. C'était là un vice qui m'était venu très tôt et qui avait été renforcé par la complicité de ma mère, certains ados aiment à porter les dessous de leur maman, moi mon truc c'était de porter les vêtements des amants de ma mère. Seul dans la maison j'allais dans la chambre des adultes et, fébrile, j'enfilais un slip ou une paire de chaussettes. Ma mère s'en étant aperçue était devenue complice. Partir, fuir habillé de pied en cap des affaires du dernier mari m'avait beaucoup excité.

Paris était un grand terrain de jeu, je volais, mangeais au rythme de ma faim, je marchais de long en large dans tout Paris, m'écroulant de fatigue sur un banc ou une banquette de métro, je vivais sans désir, sans envie, sans besoin, dans une sorte de no man's land de liberté rendu possible par l'insouciance de mon âge, par la douceur de l'été et par Paris

Pourtant, au bout d'un certain temps de balade, une envie et un besoin se firent sentir. D'abord je ressentis le besoin de me laver et, à fréquenter des grands boulevards et les avenues, l'envie me vint de voir les films qui se proposaient sur des affiches où on pouvait voir Delon, Gabin, Belmondo, Ventura. Et aussi dans quelques rues du quartier Pigalle des films interdits aux moins de 21 ans.

Au milieu des Champs il y avait un magasin Prisunic, le super-marché du peuple au milieu du quartier bourgeois. J'avais l'intention de voler de quoi manger, néanmoins, étant encore tout proche de l'enfance, je passai par l'endroit où se trouvait le rayon des jouets.

Cela m'a réveillé, j'ouvre les yeux, lucide, me rendant compte que j'étais en train de tomber dans une torpeur mortelle.

J'ai l'impression que je peux attraper le pourquoi par la queue, là devant moi. D'un mouvement brusque je me redresse, la douleur qui s'était éteinte me frappe le corps. Je ne m'en occupe pas tellement, je suis certain de pouvoir attraper au vol le pourquoi. Je vais me lever, mes jambes le refusent, je vois le pourquoi s'échapper, je ne saurai pas.

Le fait est.

J'ai volé au rayon jouets un pistolet à amorces, une mauvaise réplique du pistolet automatique Luger P. 08 que je porte cette nuit dans la poche de mon manteau. Je sors l'arme, la regarde, dégage le chargeur.

J'ai volé le jouet il y a trente-cinq ans, un jouet de garçon, et l'idée m'est apparue par le cœur, par les battements accélérés de mon cœur, bien avant d'arriver à mon esprit. L'idée avait fait trembler mon corps bien avant que je ne la comprenne. Ces choses-là, par la suite, suivront toujours le même parcours, d'abord le corps qui tremble, comme la peur intuitive d'avoir mal, puis l'idée se propose à moi. Je ne dirais pas à mon intelligence, plutôt comme une envie de pisser, le corps s'en aperçoit en premier, puis une vague idée d'aller pisser traverse l'esprit.

Dans un autre quartier j'avais visité à plusieurs reprises une boulangerie-pâtisserie où, à l'heure de midi, il y avait tellement de monde que la cohue permettait de voler tranquillement des nounours au chocolat et des serpents en guimauve.

À l'heure de mon idée saugrenue la boulangère était seule à ranger des pâtisseries en vitrine. J'inventai un achat, elle ouvrit son tiroir-caisse pour recevoir mon argent, comme je l'avais prévu, je lui présentai mon pistolet à amorces, elle sursauta, fit un pas en arrière et cria :

« Roger ! Roger ! Viens vite ! »

Je me penchai par-dessus le mini comptoir en marbre blanc et raflai les billets contenus dans la caisse puis, sortant de la boutique, je bondis sur ma mob pour prendre la fuite.

Seul, à peine 15 ans, avec un jouet à amorces, je venais de faire quelque chose de pas banal sans savoir pourquoi ni comment. Je me pensais unique, je le penserai encore longtemps, jusqu'au jour où, dans une cour camembert de Fresnes tournant avec d'autres gars, je m'apercevrai de la vulgarité de mon geste.

Le fric dans ma poche me hurla aux oreilles pour faire taire toute tentative de honte. J'étais tellement content de moi que j'eus l'idée de rentrer chez ma mère pour lui montrer les billets. Mais ce que je charriais en moi, la possession de cet argent, était bien plus excitant que tous les nichons et les culs du monde. Dès le début l'argent a eu sur moi un effet apaisant, un peu comme lorsqu'on donne un hochet à un bébé pour le calmer.

Chez les truands, chez les flics et dans les journaux, on me surnomme le Mammouth.

D'abord ce surnom prononcé derrière mon dos m'a fait du mal, creusant un fossé définitif entre l'image que les gens voulaient se faire de moi et l'image que j'aurais aimé avoir.

À 13, 14 ans j'attendais impatiemment le moment d'avoir 40 ans.

Il y avait dans mon image d'adolescent quelque chose qui poussait les hommes et les femmes à avoir envers moi comme une condescendance, à me voir et à me parler comme à une fille. Pourtant je n'étais pas efféminé, ni gracile, ni fragile. Je me savais garçon sans ambiguïté et les gens ne me prenaient pas pour une fille.

Je traînais avec les femmes et ne m'intéressais pas aux rites des hommes. La fréquentation des femmes ne faisait que renforcer ma virilité.

Devant moi les femmes papotaient, alors que les hommes finissaient par se taire.

Une amie de ma mère qui louait une chambre me dépucela en me demandant si elle ne me faisait pas mal.

« Mon pauvre chéri... »

Comme si j'étais une pucelle déflorée par un homme.

Alors que, au même moment, dans mes reins je sentais toute la vigueur du piston qui ne demandait qu'à se mettre en marche.

J'avais de beaux cheveux et de longs cils disaient les femmes, ma voix était celle d'une fille disaient les hommes sans rire et sans moquerie.

J'étais pressé que mon visage change pour que ma mère cesse, les dimanches d'ennui, de me maquiller. J'aimais qu'elle me maquille, j'aimais cette confusion qui me rapprochait d'elle mais, en dehors d'elle, je n'aimais pas que mon visage puisse ressembler à celui d'une fille.

Autour de moi les visages des femmes étaient des masques japonais composés de couches de fond de teint, mascara, rouge à lèvres, laque et fumée de cigarettes blondes, je savais que je ne ressemblais pas à cela. Mais je ne voulais ressembler à aucun visage d'homme.

Ce qui me donnait envie de me secouer c'était de savoir que je portais une possibilité de féminité, je ne résistais pas contre cela mais cela me mettait en colère.

Les choses étaient ainsi, un corps d'adolescent et un visage neutre non pas dans le sens qui cherche sa vocation mais neutre dans le sens de rien.

Très tôt je me suis révolté contre la neutralité, la moyenne, le commun. Sans savoir que j'allais passer ma vie de manière commune, au milieu des moyennes statistiques de la délinquance et dans la neutralité de fait, n'ayant finalement agi sur rien.

C'est ainsi que je vais mourir.

Non pas abandonné, seul, mais neutre.

Je vais mourir comme je suis parti il y a trente-cinq ans, en m'éclipsant.

Personne ne va se rendre compte de rien.

Un départ qui ne fera pas une vaguelette sur la surface du monde. Je vais partir comme je suis arrivé, par inadvertance. Mon passage sur cette terre aura compté pour du beurre. Même mes passages à l'acte ne laisseront aucune trace.

J'ai eu trop de choses à faire.

Je me suis épuisé inutilement à me trouver une place, sans savoir qu'elle m'était acquise. Je me suis cherché un visage, une forme. Maintenant il ne me reste plus assez de temps pour entreprendre les fondations, j'ai quarante-cinq ans de retard.

À 14 ans je me suis inscrit dans un club de boxe, puis des poils ont poussé un peu partout sur mon corps. À grands renforts de bouffe, de champagne et de musculation mon corps s'est chargé de graisse et de muscles, mon visage a fini par choisir le camp des hommes en gardant la nostalgie de la féminité.

Quelqu'un un jour m'a appelé le Mammouth et cela a fini par me plaire, croyant que ce surnom allait m'offrir un passeport qui me donnerait le droit à une place.

La seule place que ce surnom m'ait offerte ce sont des places réservées dans les bistrots, les boîtes, bars, restaurants, tripots, bordels, cabarets de la Porte Maillot à la place des Pyramides au bout de la rue de Rivoli, avec d'un côté la Madeleine et de l'autre la Seine. Place pas seulement payée par ma sale gueule et la bande que nous formions, mais aussi à coups de pognon, de flambe.

Ce premier braquage de boulangerie-pâtisserie eut un néfaste résultat sur moi. Dès ce jour je sus que cela était possible, je sus que je pourrais recommencer quand je le voudrais.

Le braqueur est ainsi, le vrai braqueur, pas le calculateur qui fait une étude pour savoir où il pourra conjuguer le moindre risque avec le plus d'argent. C'est peut-être là la faute essentielle du braqueur, ce qui fait sa brutale dangerosité et aussi cette forme d'esprit obtus qui le caractérise. Il se promène dans le monde, dans la ville, avec en lui le profond sentiment de se trouver sur un territoire de garde-manger, où tout ce qui est à la portée de sa main est fait pour être tapé, volé, dévalisé, pillé, braqué. Son choix des banques, des postes, des bijouteries n'est l'effet que de son esprit limité. Il braque où on lui dit de braquer, sans savoir. Comme le carnivore attrape l'herbivore sans savoir. Où chez l'animal la nature parle, chez le braqueur c'est la bêtise. Comme on fait bouger une étoffe devant le taureau pour qu'il charge, il suffit de faire passer deux, trois fois devant lui un fourgon blindé pour voir le braqueur passer à l'acte, là le naseau à ras de la poussière, ici l'esprit au ras du caniveau.

TROISIÈMEMENT : *la messagère*

L'argent.

Je n'ai jamais été un homme riche.

Je n'ai jamais voulu être riche.

La richesse est notion de cave.

L'argent ne représente pas grand-chose pour moi et n'a pas de valeur en soi.

C'est juste un objet d'échange.

Un peu à la manière de ces colliers de perles avec lesquels les gentils membres du Club Med paient les cocktails.

Mais l'argent a été aussi autre chose qu'un objet d'échange.

Dans l'échange mercantile chacun se fait une idée de la valeur de ce qui est échangé.

Pour moi l'argent n'avait même pas la valeur du nombre écrit sur le billet : 500, 200, 100, 50, tout cela revenait au même. Je connaissais les billets par leur forme et leur couleur. Celui-ci plus grand que celui-là.

Une liasse de grands billets de telle couleur c'est mieux qu'une liasse de petits billets de telle autre couleur.

Au moment du pillage, tout en braquant les formes vagues des caves allongés par terre, du coin de l'œil j'essayais de faire une estimation de l'argent par la couleur dominante des billets qui passaient du coffre au sac.

L'argent pour moi a été un objet et un lieu de passage, comme le bac d'un fleuve. Passage d'un monde à un autre. D'un moment à un autre. Passage et dévoilement.

Dévoilement de lieux, d'endroits inconnus, interdits. Mais aussi dévoilement, démasquage de gens. Celui-ci se présente ainsi, vous lui tendez de l'argent ou il vous en tend et le voilà démasqué.

Lieu de passage avec l'espoir de trouver sa place, de payer sa place.

Espoir impossible, fantasmagorie de l'existence.

Un peu comme si, lors de la traversée sur le bac, vous pouviez vous payer la première classe en vous faisant croire que le bout de comptoir, le tabouret, le fauteuil en cuir est votre place.

Finalement l'argent ne démasque rien, il rajoute un masque.

L'argent ne permet pas le passage mais permet l'impudeur, le graveleux, le sordide.

Donne-moi un gros pourboire, paie-moi la passe, achète-moi un truc cher, contre cela je ne t'échangerai rien mais tu me permettras, tu m'offriras l'excuse de porter un nouveau masque, celui de la prostitution, de la duperie, du faux-semblant, de l'illusoire.

C'est ma mère que j'ai vue fondre la première devant un ou deux billets que je lui rapportais après les avoir reçus de celui-ci ou de celle-là qui s'étaient cru autorisés pour les mêmes billets à se déculotter devant moi.

Au moment du passage des billets de ma main à la sienne, elle semblait s'ouvrir pour me laisser passer dans un monde merveilleux mais, dès qu'elle saisissait les billets, le passage se refermait. En vérité ce n'était qu'un leurre, le passage n'était ni ouvert ni fermé, il n'y avait pas de passage.

Tous ces faux passages où je me donnais l'impression d'avoir trouvé ma place me vidaient les poches plus vite que je ne pouvais les remplir.

Je n'ai jamais été riche.

Ici ou là j'ai déformé les poches de mes costumes avec des liasses de billets pliées en deux que j'avais du mal à tenir entre le pouce et l'index, j'ai rempli de gros billets des boîtes à biscuits dans lesquelles je venais piocher, j'ai vu lors de fades des sacs-poubelles gonflés de biftons en désordre et des poignées de bijoux entremêlés, mais jamais je n'ai été riche. Toute ma fortune est entre mes mains : un calibre, une liasse de billets poissés de sang, un jonc au petit doigt signe de ma caste et une fausse Rolex en faux or fabriquée en Italie.

La seule place que j'aurai jamais eue c'est celle-ci, assis sur ce banc à me vider de mon sang, et le passage que je connaîtrai gratuitement est celui de la mort.

Sans conscience j'ai vécu ce premier braquage enfantin sans m'en rendre compte, sans le prendre en compte. Un autre se serait arrêté un instant pour réaliser toute la portée de son geste, pour s'en horrifier ou s'en glorifier. Ce premier braquage et tous les autres qui suivirent, aussi enfantins, n'ont semblé inscrire aucune trace en moi.

Juste peut-être un léger frissonnement à la surface de mon esprit. J'étais très exalté par le passage à l'acte, par le coup d'audace qui, pendant un très court instant, semblait me placer au-dessus de la condition humaine, mais de l'acte en lui-même, de son poids, de sa forme, de sa force je n'en gardais aucune trace.

Je ne suis pas devenu braqueur par calcul ou par choix de ceci ou de cela. Je me suis retrouvé un jour avec cette sorte de don négatif, cette possibilité de faire. Je n'ai jamais pensé à en user ou en abuser. Après la première fois, en quelque sorte, je n'y ai plus pensé. Je savais que c'était là, possible, mais l'idée de recommencer ne me vint pas, pas tout de suite.

J'aurais pu mourir comme j'ai braqué, sans savoir.

Cette nuit, pour la première fois de ma vie, je me rends bien compte de ce qui se passe et de ce qui va se passer. Et, découlant de cette nouvelle lucidité, comme éclairées par elle, par la connaissance de ma mort à venir, d'autres choses se font jour, sortent de l'ombre et se mettent en place.

Le savoir de ma fin met en place l'univers tout autour de moi. Jamais un objet n'a été aussi présent à mon esprit que ce banc. Je le sens dur, froid, rectiligne, je sens parfaitement le siège qui me porte et le dossier qui me soutient. La balle entrée par effraction dans mon corps et le sang qui s'en échappe contre ma volonté me montrent ce corps qui, je m'en aperçois, est le mien et que j'ai négligé jusque-là. Si je pleure, ce n'est pas sur moi mais sur lui. Ma finitude certaine, évidente, me retourne comme un gant, je me vois là, je me remarque enfin pour la première fois, surpris de ma présence en ce monde. Ma mort est une preuve par neuf de ma vie. Si la balle m'a touché et transpercé, c'est que je tenais une place. Mon sang noir dévoile mon enveloppe. Me voilà présent par l'évidence de mon absence à venir.

Du froid, de la nuit se sont installés entre moi assis sur ce banc et les autres là-bas, passants vivants sur l'Avenue. Comment ai-je pu croire que l'autre était dépendant de moi et que j'étais dépendant de lui, que cette dépendance me mettait dans l'obligation de le subir et me donnait le droit de l'obliger à me subir? Qui aurait pu me montrer mon erreur, peut-être n'ai-je pas bien écouté? Ma mère, un curé, un flic, un maton, la justice m'ont dit que voler et tuer étaient condamnables. J'ai fini par comprendre que ce qui m'était reproché c'était de voler, de dérober ce qui ne m'appartenait pas, de tuer lorsque je n'en avais pas le droit. En vérité ma faute était tout autre et absolument inconnue de moi. Ne connaissant pas ma propre liberté essentielle, je ne connaissais pas celle de l'autre.

Je pensais pourtant bien faire. Je croyais que nous voler les uns les autres, nous enculer les uns les autres, nous manipuler les uns les autres, c'était la bonne façon de vivre les uns envers les autres dans un incessant rapport de pouvoir automatique qui s'adressait à tous. Les voyous disent que la règle du jeu c'est de tenir le bon bout du manche. Pour moi être libre c'était tenir le bon bout du manche, être libre c'était une sorte de droit naturel à faire chier les autres. Je trouvais naturel d'entrer dans une banque et de terroriser les gens en les obligeant à se soumettre à mes ordres, comme je trouvais naturel de me retrouver pendant des années dans une prison, soumis à la bêtise et à l'arbitraire des gaffes. Je croyais vraiment, sincèrement, que c'était ainsi que nous vivions entre nous. Je croyais que j'étais dans l'obligation de vivre ainsi.

En regardant ce groupe de personnes au loin traverser l'Avenue, je comprends enfin que je suis absolument libre, que je n'ai aucune obligation vis-à-vis d'eux et que je suis aussi libre vis-à-vis de moi-même. Ma liberté ne finit pas là où commence celle des autres, ma liberté ne peut être mesurée, encartée, pesée. Elle prend naissance là dans ma conscience et prend sa distance avec l'autre, ma liberté n'est pas limite mais distance.

Ado, j'ai cru que le monde était une aire de jeu, ainsi qu'un théâtre où chacun choisissait son rôle et essayait de jouer le mieux possible. Je m'étais choisi le rôle de celui qui court sur l'Avenue avec la police à ses trousses.

J'avais dépensé l'argent de la boulangerie-pâtisserie. C'était le soir en été, les Champs-Élysées étaient grouillants de monde, ça rentrait et sortait des brasseries, des bars, des restaurants, des cinémas, des galeries marchandes. Les Champs, un endroit pour se balader au milieu des autres, noyé dans les éclairages des néons, vitrines, réverbères, phares, feux arrière, clignotants, feux rouges, feux verts, feux orange, panneaux d'affichage, entrées de métro, fontaines illuminées. À certains endroits l'organisation des lieux combinait plusieurs activités : se balader, faire du lèche-vitrines, acheter, manger, boire, regarder les autres, se balader, regarder les autres, manger. Le coup d'œil était possible à plusieurs niveaux, au-dessus, par-dessus, par en dessous, en face-à-face, à ras des chaussures, à ras des fesses, à ras des nichons. On pouvait regarder une robe en vitrine et d'un léger mouvement de la tête regarder ce que l'autre était en train de manger. Les jeux de vitres et de miroirs confondaient tout, une serveuse et son plateau dans un magasin de chaussures, une vendeuse entre les tables d'un snack. Tour de Babel aux langues et accents différents, forêt vierge urbaine aux mille odeurs : boustifaille, parfums de femme, senteurs de cuir du marchand de chaussures, cigarettes blondes mentholées, gros cigares, moteurs à essence et, par-dessus tout cela, l'odeur de Paris et, encore au-dessus, l'odeur de l'été.

J'adorais ça, j'étais là au milieu comme un poisson dans l'eau, je me sentais protégé. Absolument prêt pour toutes les aventures.

Ce soir-là, sans argent, j'avais oublié de voler et j'avais faim, vraiment très faim. Au premier étage d'une galerie marchande, je regardais en bas le manège des serveurs qui s'étaient partagé les rangs de tables. Je compris que celui qui servait tel rang ne s'occupait absolument pas du rang d'à côté et que, dans cette grande usine à manger, un seul était à craindre. Avant de descendre me régaler, je cherchais et prévoyais l'instant où je pourrais fuir en toute tranquillité. Poussé, encouragé par ma faim envahissante, je m'installai à une table stratégique.

Je ne peux m'empêcher de sourire sur mon banc. Tout de même ce fut un magnifique repas. 15 ans, je fus servi sans sourciller, steak frites, pinard, dessert, café. Au fur et à mesure que la faim disparaissait, une légère crainte montait en moi. Le truc malin c'était le coup du dessert. J'avais remarqué que la commande d'une énorme glace obligeait le serveur à la confectionner lui-même et surtout à entrer en cuisine pour la rehausser de chantilly. J'en avais déjà commandé une, j'en réclamai une seconde. Au moment où mon pauvre serveur poussait la porte battante de la cuisine, je me levai et pris la fuite le ventre plein. Je déboulai sur le trottoir des Champs à toute berzingue et, rigolard du tour que je venais de jouer, je me mis à courir comme un fou, slalomant entre les badauds, imaginant que la police me courait après comme j'avais dû le voir dans un film de gangsters. J'arrêtai ma course lorsque je rentrai dans la partie basse et sombre de l'Avenue.

Juste en face de mon banc funéraire, avant de traverser la place Clémenceau.

J'étais essoufflé et ivre de ma course, du tour que j'avais joué et du vin que j'avais bu.

À la hauteur du restaurant Le Doyen, la fraîcheur de la végétation me calma. Je traversai l'Avenue en diagonale et j'allai m'allonger sur un banc au pied des chevaux de Marly, à cinq cents mètres de celui où je finis ma vie.

Je tourne la tête sur la gauche pour regarder dans la direction de ce banc là-bas, au bout. Mon corps refuse de suivre le mouvement. Cinq cents mètres, malgré la frondaison des arbres je peux voir les lumières de la place de la Concorde. Je n'en reviens pas d'être arrivé jusque-là pour me laisser mourir. Ce n'est rien cinq cents mètres, mais trente-cinq ans c'est beaucoup. Comme je regrette, comme j'aimerais faire un chanstique, retrouver ma place là-bas au bout et laisser mourir quelqu'un d'autre sur ce banc. Si cela se trouve, déjà à l'époque quelqu'un mourait ici, pendant que je me couchais là-bas sur le banc tiède. Peut-être que le banc où je me trouve est une porte officielle pour passer de vie à trépas.

Me voilà avec ma jeunesse là-bas à cinq cents mètres et l'été 68.

Qu'est-ce qui a changé en moi ? J'ai pris cinquante kilos, je me suis pris au sérieux, j'ai fait le mal, je suis devenu lourd, pesant. Très vite je n'ai plus trouvé cela drôle de dévaler les Champs en courant à grandes enjambées. Aujourd'hui je serais bien incapable de courir, c'est d'ailleurs pour cela que j'ai ramassé cette balle. À 15 ans j'aurais filé comme l'éclair, pas vu pas pris. Cette nuit, engoncé dans ma graisse, dans ma gangue de connerie, mes muscles et mon costume croisé, empêtré dans ma suffisance, dans ma prétention de voyou, au lieu de prendre mes jambes à mon cou pour changer ce fait divers en farce, je me suis tourné d'un bloc, obtus, verrouillé, j'ai dégainé et j'ai tiré.

Je vais finir raide comme un piquet, statufié dans ma connerie, peut-être que des pigeons me chieront dessus. Cette image me révolte, je tente de me lever, jamais personne ne s'est permis de chier sur le Mammouth. J'ai à peine bougé, la douleur est atroce, je m'abats sur le côté.

Je m'étais allongé sur le banc, les côtes encore soulevées par la course, j'avais fermé les yeux, quelqu'un s'était approché.
« Jeune homme, vous ne devriez pas rester là… »
Une main s'est posée sur mon épaule.
« Monsieur ! Monsieur réveillez-vous ! »
J'ouvre les yeux, une femme aux cheveux blancs est penchée sur moi.
« Monsieur, il fait froid, il ne faut pas rester là… »

Je balbutie, inaudible.
Elle doit croire que je suis saoul.
Derrière elle je pressens un groupe de personnes.
Elle s'adresse à eux :
« Il faudrait faire quelque chose…
– Que voulez-vous que nous fassions Angie chérie… Ces gens-là ont l'habitude… Venez voyons, nos amis ont froid ! »
Elle se penche de nouveau.
« Allons monsieur, s'il vous plaît, il ne faut pas rester là, vous allez mourir de froid… »
Sa voix est à la fois douce et ferme, elle ne geint pas sur mon sort mais m'énonce une chose probable.
« Angie pour l'amour du ciel venez !
– Tenez monsieur voici de l'argent, trouvez un endroit pour dormir. »
Je vois son visage. Elle porte un manteau de vison blanc. L'idée me vient de toucher la fourrure odorante de son parfum de luxe. Elle glisse le billet dans ma main.
Quelqu'un est venu la tirer respectueusement par le bras.
« Allons ma chérie, venez… »
Je gémis, je pleure, me voilà seul.
Je m'enfonce, le banc a basculé comme une benne à ordure.
Voilà l'heure de la dernière course.

Il s'appelait Frédéric.

Dans le milieu de la nuit, tout autour des Champs-Élysées, les gens qui le connaissaient l'appelaient Monsieur Fred. Dans ce gouffre où je tombe vers ma fin, son souvenir éclaire les ténèbres d'une lumière blanche de soleil d'été. Une sorte de liberté crapuleuse, malsaine qui a laissé en moi un souvenir agréable.

Si je stoppe ici ma descente aux Enfers, c'est que le temps de Frédéric est le temps de la fin de mon adolescence et le début de ma vie de jeune homme.

Dès la première seconde il est devenu un intime, comme si je l'avais toujours connu. Sans doute parce que, sans que je le comprenne, il ressemblait à ma mère. Il ne lui ressemblait pas physiquement, grand, sec, vieux, le crâne dégarni avec juste une couronne de cheveux blancs d'empereur romain, de longues mains effilées recouvertes de petites taches. Absolument rien à voir avec les formes féminines de ma mère, ses cheveux colorés blonds à la Brigitte Bardot et son masque perpétuel sur la figure.

Frédéric a été le prolongement de ma mère, leurs deux mondes totalement différents se complétaient ou, plus exactement, se suivaient.

Je retrouvais avec lui la même excitation, la même douceur nauséeuse qui m'avait tant plu chez ma mère, mais aussi comme une vague impression d'être sur le point de vomir ou de pleurer, les deux me donnaient cette impression de liberté licencieuse, avec eux je me sentais complètement ouvert au monde, prêt à n'importe quelle aventure, joyeux à la manière de la fille de joie qui attend que l'on vienne lui faire une proposition salace. Ces deux adultes et leur monde autour d'eux me plaçaient dans un no man's land entre adolescent timide et adulte roué. Position intermédiaire qui m'apportait chaque jour des moments de grandes excitations.

Frédéric travaillait comme directeur, ou peut-être était-il propriétaire, ou associé, je n'ai jamais très bien su. En tous les cas, depuis toujours dans le quartier, on le connaissait comme celui qui tenait le restaurant Le Laurent. Restaurant qui donnait juste derrière mon banc de fin du monde, dans l'avenue Gabriel, en face de la rue du Cirque, et dont la terrasse entrait dans ce jardin du théâtre Marigny.

C'était là tout son univers professionnel, Monsieur Fred et Le Laurent c'était la même chose.

Je m'étais relevé vivement et je l'avais vu, un grand gaillard qui me semblait aussi grand que les arbres autour de nous.

« Tu ne devrais pas rester là... Qu'est-ce que tu fais ? Ces bancs ne sont pas faits pour dormir. »

J'avais haussé les épaules comme un enfant boudeur. Je n'étais pas surpris de sa présence. Au contraire j'attendais que quelque chose m'arrive, commençant à être déçu de devoir attendre si longtemps. Une femme un homme peu importe, quelque chose, je savais que quelqu'un à un moment donné allait me dire :

« Qu'est-ce que tu fais là ?

– Si une patrouille passe par là ils vont t'emmener... »

Aucune patrouille, aucun flic ne passait par là. À cette époque les gens du quartier n'auraient pas supporté que leurs rues soient enlaidies par des hommes en armes, rappelant les faubourgs populaires des dictatures sud-américaines. Ici même la charmante révolution de 68 s'était perdue. Seule une manifestation BCBG de droite, à cette époque le BCBG de gauche n'existait pas encore, avait osé défiler sur les Champs en hurlant des bêtises. Le quartier n'avait besoin ni de police ni de politique. C'est bien pour cela que le ministère de l'Intérieur et l'Élysée se trouvaient en son sein. Les Champs étaient la synthèse de Paris, de la France, du Monde, rien de fâcheux ne pouvait lui arriver.

Comme j'en étais persuadé, rien de fâcheux ne pouvait m'arriver.

Je ne suivis pas Frédéric, j'emboîtai mes pas dans les siens comme hanche contre hanche.

Frédéric était propriétaire, avec sa femme, d'un appartement au bout de la rue d'Anglas, vers le boulevard Malesherbes, à quelques pas de la place de la Madeleine.

Comme deux personnes se connaissant depuis toujours, nous marchions en silence. Un grand-père et son petit-fils.

Il entra comme chez lui dans un palace de la place de la Concorde et me conduisit au bar. Tout le personnel connaissait Monsieur Fred.

Les hôtels, palaces ou étroits hôtels de quartier, ont toujours eu sur moi un effet aphrodisiaque, une sorte de fétichisme. J'ai passé toute ma vie à habiter en hôtel. Je n'ai jamais été rassasié des ambiances de bar comme celui où nous étions installés. Il avait commandé deux whiskies que l'on déposa devant nous sur de petits napperons moelleux. Quelques clients installés autour de nous parlaient à voix basse, le piano jouait si lentement que chaque note semblait détachée l'une de l'autre. C'était la première fois que je voyais, que j'entendais un pianiste jouer seul en direct, en vrai. Ce qu'il jouait s'incrusta si fort en moi que j'en ai gardé le souvenir comme une musique de film, un thème musical qui m'accompagna toute ma vie.

Je n'ai échangé avec Frédéric que quelques mots lui racontant ma fugue. Il ne fut pas surpris et ne dit rien là-dessus.

« Que veux-tu faire ? »

Une nouvelle fois je soulevais les épaules.

« Tu comptes traîner dans la rue et coucher sur les bancs toute ta vie ?
- Non... »

Vraiment l'idée de ce que je voulais faire ne m'avait pas effleuré.

Je ne voyais pas très bien pourquoi je ne pourrais pas traîner dans les rues et coucher sur les bancs toute ma vie. Toute ma vie ne voulant d'ailleurs absolument rien dire pour moi.

Ce que j'attendais, et de cela j'en étais presque conscient, c'est que quelqu'un, un adulte, prenne les décisions à ma place, me dise quoi faire, j'avais trouvé l'expérience tout à fait agréable avec ma mère. Je faisais confiance aux adultes comme elle et comme lui pour me trouver des choses à faire qui me plaisaient et me surprendraient.

Il posa sa main chaude sur ma nuque.

« Il faut travailler. Dans la vie mon petit, quoi que tu fasses il faut travailler, si tu veux t'en sortir il faut travailler. »

C'est cela que j'aimais, cette main sur ma nuque qui allait me guider ou plutôt me pousser à faire quelque chose qu'un autre avait décidé. Volontiers, sensuellement, je m'abandonnais à cette volonté, sachant que je n'allais sans doute pas être déçu, ne sachant absolument pas de quoi je devais me sortir.

Ma mère, elle, employait une autre méthode pour me pousser, elle se déshabillait devant moi, tout en m'expliquant en termes sournois ce que j'allais faire, la fin de son rhabillage concluait notre accord.

Ce coup-ci j'ai vraiment cru que j'allais mourir, tout surpris de remonter de mon abîme, mais je reste en équilibre, juste au bord.

J'ai cru être passé à côté de la mort à plusieurs reprises, cela ne veut pas dire grand-chose, je n'en ai jamais sorti d'expériences. Ce qui touche au plus profond c'est l'idée, à tort ou à raison, l'idée que dans la seconde à venir on est mort. Non pas qu'on est mort mais que la vie, là, précisément à ce moment-là va s'éteindre. Un peu comme quand on sort d'une pièce et que l'on va appuyer sur l'interrupteur pour éteindre la lumière. On a un moment un regard en arrière pour s'assurer que tout est bien en ordre, le doigt appuie sur l'interrupteur qui reste un infime instant en équilibre. C'est cela l'idée la plus proche de la mort, ce moment d'équilibre, vous êtes vivant, l'interrupteur passe le point d'équilibre, tac, c'est fini, vous n'êtes plus.

Je pleurniche comme une gonzesse sur mon banc, il est beau le Mammouth, plus fiérot à tirer sur les gens qu'au moment de passer de vie à trépas.

J'ai cru que l'interrupteur allait éteindre la lumière. Je me suis retourné pour voir si tout était en ordre. C'est le bordel intégral.

Je ne veux pas mourir.

Je geins.

Je me parle à voix basse, à moi ou à un dieu hypothétique.

Je ne veux pas mourir.

Moi qui n'ai fait que chier sur ma vie et sur la vie des autres, je m'aperçois que j'aime la vie, que la vie est belle.

Au moment d'éteindre j'ai vu dans un coin de la pièce un livre pas rangé, le titre en était *La vie est belle* et, en sous-titre, *Mais pas la tienne, connard.*

Bien sûr, j'aurais dû, ce soir-là, ne pas me laisser entraîner par Frédéric. Mais quel était mon autre choix? Ne pas quitter la maison et les strip-teases manipulateurs. Mon dévoiement ne s'explique pas seulement ainsi. J'avais déjà, ado, des secrets. Ces secrets m'ont-ils sauvé ou perdu? Ma mère ne se doutait pas que je pouvais partir. Moi je le savais depuis longtemps, je connaissais en moi cette possibilité de départ. Je m'abandonnais volontiers à ses roueries de femelle, je ne pouvais pas et ne voulais pas résister mais, au plus profond de moi, il y avait cette chose pure et dure, ma possibilité de départ. Elle a dû ressentir cela comme une trahison. Une des milliards de choses que son cerveau, embrumé par les vapeurs de laque, était incapable d'imaginer.

Frédéric lui savait très bien que je pouvais partir d'un instant à l'autre, c'est pour cela qu'il m'avait attrapé par la nuque et que nous buvions notre deuxième whisky. Pourtant il savait que j'avais compris ce qu'il attendait de moi.

«Tu sais beaucoup d'homme font cela...»

Elle se promenait la cigarette au bec de sa chambre à la salle de bain, les seins à l'air.

«Tiens, ton père, lorsqu'il était jeune comme toi a eu deux trois aventures.»

La chose ne m'avait pas été désagréable et je gardais une partie des misérables billets de banque qu'on me donnait, le reste lui revenait. Elle pour me remercier m'allongeait un patin plus ou moins long suivant l'argent rapporté.

J'étais bien avec Frédéric, un peu saoul, ce bar d'hôtel luxueux et, au fond de moi, un deuxième secret, ce nouveau don de présenter une arme devant quelqu'un et de lui voler son argent.

La nuit était douce.

La rue d'Anglas sombre.

J'étais bien.

Joyeux.

Nous allions d'un pas de promeneur.

« Si tu veux, demain, je te trouverai du travail ?

– D'accord. »

Bien plus tard j'aurais pu revenir l'attendre en bas de chez lui pour lui exploser la tronche à coup de 45. Mais l'idée ne m'est jamais venue. Il est mort de vieillesse. J'ai gardé de lui un pas trop mauvais souvenir.

Il avait une vertu, c'était un homme de parole, jamais il ne m'a menti. Appâté, manipulé mais sans mensonges. Contrairement à ma pauvre mère qui n'était que mensonges.

Dans l'immeuble il était aussi propriétaire d'une chambre de bonne. Un vasistas, un matelas au sol, un coin réchaud lavabo et même, grand luxe, une minuscule douche.

Je me souviens encore de sa queue, plus jamais je n'ai revu une queue comme la sienne, il faut dire qu'après lui plus aucun lascar n'a osé me présenter sa queue.

Il avait une queue fine, assez longue, blanche et toujours très propre comme un outil postopératoire, on aurait pu croire qu'elle était en plastique mou et tiède, une sorte de gode pour débutante.

Le lendemain il m'engagea au Laurent.

« Monsieur ! Pourquoi êtes-vous resté là ? »

C'est la femme aux cheveux blancs.

Elle est seule et tient son manteau de fourrure fermé.

« Ne restez pas là.

– Je ne peux pas bouger. Je vais mourir.

– Allons ! Voyons ! Ressaisissez-vous ! »

Elle a le même ton ferme qu'une dame patronnesse qui semble houspiller un pauvre malheureux.

Sa présence m'agace.

Aux portes de la mort elle semble vouloir me prendre par la main pour m'emmener boire une soupe chaude.

Cet agacement me donne suffisamment de force pour me relever une nouvelle fois.

Des litres de sang ont imprégné la veste de mon costume, la ceinture de mon pantalon et le devant de mon manteau.

Je me suis relevé dans un souffle de caverne.

Elle a fait un petit pas en arrière.

« Voilà c'est mieux ainsi... Je me suis renseignée, j'ai l'adresse d'un refuge encore ouvert... J'ai ma voiture, je vais vous accompagner. »

Je la vois mieux, le rai de lumière d'un lampadaire éclaire son visage, c'est une belle femme, ses cheveux blancs coupés à la garçonne, des boucles d'oreilles. Quel âge ? 60, 70 ans suivant les ombres sur son visage. Un visage racé, tout en arêtes avec un long nez.

« Approchez.

- Pardon ?

- Approchez un peu.

- Vous voulez que je vous aide à vous relever ?

- Approchez !

- Oui ?

- Écoutez... Je ne suis pas un ivrogne ou un clochard... Je suis un truand... J'ai pris une balle et je vais mourir.

- Ah... »

Elle a fait de nouveau un pas en arrière.

« Vous avez compris maintenant ? Alors il faut partir, vous en aller, d'accord ! »

Si elle part, elle va prévenir les flics. J'aurais bien voulu crever seul.

Elle s'est de nouveau approchée, je peux sentir son parfum. Ce parfum de femme se présente comme un nouveau regret.

Les femmes.

Mon Dieu comme j'ai aimé les femmes.

Pourtant j'ai la nette impression d'être passé à côté d'elles.

« C'est-à-dire...

- Quoi ?

- Il ne faut pas rester ainsi, je vais appeler police secours.

- Écoutez, soyez gentille, n'appelez personne, allez-vous en. Dans quelques minutes, dans quelques secondes je serai mort, inutile de vous embêter avec cela. »

« C'est-à-dire... Monsieur... Ce n'est pas possible...

- Qu'est-ce qui n'est pas possible ?

– Je ne peux pas vous laisser comme cela, mourir, seul, sur ce banc comme... comme...

– Comme quoi ?

– Je ne sais pas, mais cela n'est pas possible.

– Écoutez, il y a un instant vous ne saviez pas que j'allais mourir, vous passiez votre chemin sans savoir. Alors voilà faites comme si vous ne saviez pas.

– Mais cela n'est pas possible... Non ce n'est pas possible. »

Elle s'est retournée comme si elle voulait appeler.

« S'il vous plaît, laissez-moi tranquille ! »

Elle me fixe de nouveau, semble en colère.

« Vous me parlez comme si je vous ennuyais, comme si je vous empêchais de mourir en paix !

– Je ne vais pas mourir en paix et votre présence ne fait que rendre la chose plus difficile.

– Si je comprends bien vous voulez que je parte, que je vous abandonne là, pour vous rendre la mort plus facile ?

– Oui, s'il vous plaît, si vous restez encore, je risque...

– Vous risquez quoi ? Je ne vois pas ce qu'un homme qui va mourir peut bien risquer de plus ?

– Je ne veux pas...

– Vous ne voulez pas ?... Vous ne voulez pas mourir ?

– Si... Enfin, non, mais... Écoutez, je ne comprends pas, vous ne vous êtes jamais intéressée à moi de mon vivant et là, d'un seul coup, à deux doigts de ma mort, vous ne voulez plus me lâcher.

– Mais... Vous délirez ! Je ne vous connais pas et si je ne veux plus vous lâcher comme vous dites, c'est qu'il m'est impossible d'abandonner un être humain qui est mourant.

– Hé ! Soyez polie !

– Pardon ?

– Pourquoi vous me traitez d'être humain ?

– Mais...

– Ah oui, je vois... Je suis un être humain, c'est ça ? Clochard, truand, petit ami, le monde est peuplé d'êtres humains, c'est ça ?

– Oui évidemment...

– Non, pas évidemment ! Je ne suis pas un être humain, je ne veux pas être un être humain dans votre monde peuplé d'êtres humains !

- Calmez-vous voyons, je vais chercher du secours et vous me raconterez cela une fois guéri.

- Restez là ! Je n'ai pas fini ! Je ne veux pas que vous partiez en sachant que vous allez m'emporter dans votre jolie petite tête en tant qu'être humain : "Oh ma chère, vous savez, hier un pauvre être humain est mort, je n'ai rien pu faire, il était trop tard." En effet vous venez trop tard, et je ne suis pas un être humain.

- D'accord, vous n'êtes pas un être humain. Vous êtes juste un type fou, sur un banc, en plein hiver, qui raconte aux passants qu'il n'est pas un être humain et qu'il va mourir. Si vous n'êtes pas un être humain qu'est-ce que vous êtes ? Et vous allez mourir d'accord, mais à part de froid de quoi allez-vous mourir ?

- Laissez tomber, je n'ai pas le temps de vous expliquer tout cela. Et vous devez rentrer chez vous, vous allez prendre froid. Le lascar qui vous tirait le bras comme si vous lui apparteniez doit vous attendre pour vous réchauffer les pieds.

- Mon manteau me tient parfaitement chaud, personne ne m'attend pour me réchauffer les pieds et le lascar comme vous dites est un très cher ami qui craignait pour moi et qui voulait me protéger.

- Vous protéger ? Ne me faites pas rire, ce gugusse n'arriverait même pas à vous protéger de la plus petite chose qui pourrait vous arriver.

- Ah oui, je me demande comment vous pouvez savoir cela, vous l'avez à peine vu ?

- Ce que j'ai pressenti de lui me suffit pour le juger.

- Ah, oui, il vous suffit de pressentir pour juger les gens ?

- Oui Madame, on appelle cela l'instinct, mais sûrement que chez les êtres humains on ne connaît pas ce que c'est, l'instinct.

- Tandis que vous, qui n'êtes pas un être humain, et je ne sais toujours pas ce que vous êtes, vous auriez su me protéger ?

- Sûrement mieux que votre cave.

- Un gugusse, un lascar, un cave, je ne comprends pas bien ces mots, mais je vois que vous avez plein d'expressions pour désigner les gens, sauf être humain. Voyez-vous, à vous voir, comme cela, assis sur ce banc, paraît-il en train de mourir, je me dis que pour me protéger, si je devais compter sur quelqu'un, et très franchement je ne compte sur personne, si, je préférerais compter sur mon gugusse qui, lui, doit dormir dans son lit, dans son appartement avenue de Friedland.

– Avenue de Friedland ! Dites donc, voilà un être humain qui sait habiter dans les endroits chouettos ! Il y a deux bars dans cette avenue que j'ai beaucoup fréquentés.

– Il n'y a aucun bar !

– Bien sûr… Tout en haut, un bar avec des filles et, un peu plus bas, un minuscule bar tenu par un ami.

– Je n'ai jamais vu d'endroits comme cela, avec des filles comme vous dites…

– Ah non, tiens, c'est bizarre…

– Qu'est-ce qui est bizarre ? Vous devez vous tromper. Je suis née dans ce quartier et je n'ai jamais vu aucun bar ni de filles avenue de Friedland…

– Vous demanderez à votre être humain, je suis certain qu'il doit fréquenter… celui avec les filles…

– Écoutez, cela suffit ! Vous ne connaissez pas mon ami et je ne vois pas pourquoi vous parlez de lui ainsi, et je ne vois pas en quoi cela vous agace que je vous traite d'être humain ! »

Il y eut un silence et elle reprit plus câline :

« Excusez-moi… Vous ne me connaissez pas, vous ne connaissez pas mon ami et vous me parlez comme si vous connaissiez tout de nous…

– Excusez-moi…

– Pardon ?

– Je vous demande de m'excuser. C'est idiot. Je suis un crétin.

– Je suis venue vers vous tout simplement. De loin j'ai cru voir quelqu'un couché sur le banc. C'est vrai, je passais. Et je me suis approchée. Je vous ai vu. Vous, que je ne connais pas. Comment pourrais-je continuer mon chemin sans chercher à vous venir en aide ?

– Votre ami ne pense pas la même chose, il peut aller se coucher dans son petit lit en sachant qu'un être humain dort sur un banc en plein hiver ?

– Monsieur, comprenez-moi, je suis mon chemin et pas le sien ou le vôtre. Je n'avais aucune raison d'ennuyer mes amis. Je suis revenue seule, volontairement, librement pour vous aider si je le peux, parce que c'est ainsi que je vis, vous comprenez ?

– À vrai dire je comprends mieux le gugusse qui dort pénard dans son lit... Ou qui, peut-être, est redescendu voir les filles pour... enfin... y fait sa vie...

– Vous ne seriez pas revenu à ma place?

– Non, je déteste les clochards et tous les minables, les sans-abri, les chômeurs!»

Elle s'est de nouveau retournée vers l'Avenue, mais, ce coup-ci, pas pour appeler. Elle semble regarder quelque chose à l'intérieur d'elle-même et m'avoir oublié, cette idée me broie le cœur.

«Bien sûr, si j'avais été votre gugusse favori je vous aurais accompagnée pour vous aider, vous protéger.»

Elle revient vers moi.

«Vous l'auriez fait pour moi?

– Oui sans aucun doute.

– Mais pas pour l'homme couché sur le banc?

– Non, je ne l'aurais pas fait pour lui.

– Pourquoi?

– Je ne sais pas pourquoi... Peut-être parce que cela m'aurait permis de gravir un échelon.

– Je ne comprends pas?

– Il dort sur le banc et moi pas, mais j'aurais pu, alors me voilà grandi.

– Vous auriez pu, vraiment?

– Non.

– Pourquoi?

– Parce que je suis un homme, un truand. Pas un homme de la race de vos êtres humains. Un homme de la race des hommes, des truands, des voyous, des seigneurs.

– Ah! Vous êtes un seigneur? Expliquez-moi comment cela est possible et qui a dit cela?

– Je suis un seigneur parce que j'ai vécu comme un seigneur.

– Dans les bars à filles de l'avenue de Friedland?»

Elle s'est tue. Moi aussi.

Elle s'assoit à côté de moi, j'ai peur de la tacher de mon sang. Elle cherche quelque chose dans son minuscule sac à main. Une cigarette. La flamme du briquet éclaire sa bouche. Cette femme est belle. Un regret de plus.

«Pourquoi allez-vous mourir?

– J'ai reçu une balle.

– Je veux dire. Pourquoi un seigneur meurt-il seul sur un banc comme un gueux ?

– Laissez tomber cette histoire de seigneur. Vous êtes étrange. Vous m'avez vu sur le banc dans la pénombre de la nuit mais vous n'avez pas remarqué les bars en bas de chez votre ami.

– Je ne vois pas tout. Il y a des choses qui ne m'intéressent pas.

– Et moi je vous intéresse ?

– Oui.

– Pourquoi ?

– Parce que vous êtes un être humain, c'est-à-dire un être cher, parce que vous me parlez et que je vous parle et qu'ainsi nous créons le monde autour de nous... et parce que vous croyez que vous allez mourir.

– Je le sais.

– Vous le savez ? Votre instinct ?

– Une certitude.

– C'est un grand pas que vous avez fait, le Mammouth, beaucoup ne savent pas qu'ils vont mourir.

– Vous connaissez mon blaze ? Vous savez qui je suis ?

– Qui ne connaît pas le Mammouth dans le quartier... »

« Je suis très étonné.

– Que le quartier vous connaisse ?

– Oui mais, surtout, qu'une femme comme vous me connaisse, connaisse mon surnom.

– Une femme comme moi ?

– Oui.

– Pourquoi dites-vous une femme comme moi ?

– Parce que vous êtes différente.

– Différente ? Nous sommes tous différents quelque peu les uns des autres, mais nous nous ressemblons aussi énormément.

– Vous, vous êtes différente, je le sens, je le sais.

– Votre instinct ?

– Oui, mon instinct. Vous n'y croyez pas ?

– Je ne sais pas ce que c'est.

– Cette chose en vous qui vous permet de juger, de comprendre, de ressentir les choses avant les autres, avant même que les choses arrivent, sans que rien ne soit dit, sans que rien ne soit vu, mais vous grâce à votre instinct vous avez compris ce qui allait se passer, vous avez deviné les choses.

– Et vous avez deviné que j'étais une femme différente ?

– Oui.

– Alors c'est cela l'instinct du tueur ?

– Pourquoi dites-vous l'instinct du tueur ?

– Parce que tout le monde sait que le Mammouth est un tueur professionnel.

– Conneries !

– Comment ! Vous ne lisez jamais les journaux ?

– Les journaux racontent des conneries ! Je ne suis pas un tueur professionnel, d'ailleurs cela n'existe pas. Il faut arrêter d'aller au cinéma.

– Allons monsieur le Mammouth, pourquoi nier ce que tout le monde sait ? Puisque vous prétendez que vous allez mourir, pourquoi ne pas dire la vérité pour une fois ?

– Dites donc, pourquoi dites-vous pour une fois ? Je n'ai jamais menti de toute ma vie.

– Pourtant un homme comme vous...

– Madame je suis un truand, un voleur, peut-être un tueur, mais cela ne fait pas de moi un menteur !

– Pourtant vous niez être un tueur.

– Je nie dans le sens où vous l'entendez, un tueur avec un grand *T*, un tueur professionnel. Il m'est arrivé en effet de tuer mais je ne suis pas un tueur. Et mettez-vous dans la tête que les tueurs professionnels ça n'existe pas, sauf au cinéma !

– Mon père avait un ami, un ami très intime de notre famille, un homme érudit, connaissant plusieurs langues, auteur de plusieurs livres traitant de politique et d'économie. Il avait des enfants que je reçois chez moi régulièrement. Un soir, il était descendu en bas de chez lui pour promener son chien rue de Washington, un homme grand et costaud s'est approché de lui, lui a parlé quelques secondes et lui a tiré une balle dans la tête. Cette histoire vous rappelle-t-elle quelque chose le Mammouth ?

– Je ne sais pas... Toutes ces histoires se ressemblent, c'est toujours un homme qui s'approche d'un autre homme et l'un des deux meurt... Arrêtez de m'appeler le Mammouth.

– Je vous appelle ainsi parce que c'est ainsi que vous vous êtes présenté au monde et que vous avez vécu. Si on vous avait appelé Sébastien, si vous aviez exigé que l'on vous appelle ainsi, vous n'auriez sûrement pas abattu de sang-froid l'ami de mon père, le député Breuil... Vous vous souvenez du député Breuil, le Mammouth ?

– Comment connaissez-vous mon prénom ? Pour le député j'ai eu un non-lieu, cela veut dire que j'ai été reconnu innocent.

– Non cela veut dire que la justice n'a pas eu assez de preuves contre vous.

– Cela ne les a pas empêchés de me garder cinq ans en préventive. Et je ne vois pas ce qui aurait changé si je m'étais fait appeler par mon prénom. Ma mère elle-même ne m'appelait pas par mon prénom.

– Ah non, et comment vous appelait-elle ?

– Mon fils chéri, mon petit homme, mon homme à moi, mon grand, mon grand costaud, mon petit cochon adoré...

– Son petit cochon adoré ? D'abord un cochon et ensuite un mammouth... »

Cette discussion n'a pas de sens. Qu'est-ce que je fais là à discuter avec cette femme inconnue en me vidant de mon sang, à deux doigts de mourir ?

Finalement peut-être ne vais-je pas mourir.

Mon fameux instinct ne me dit rien là-dessus.

« Quelle heure est-il ?

– Quatre heures du matin... Pourquoi ?

– Je ne sais pas... Je me dis... Il devait être minuit lorsque j'ai reçu cette praline et je suis toujours vivant.

– Les mammouths sont de gros animaux avec des dizaines, des centaines de litres de sang dans le corps. Il a fallu des siècles pour qu'ils disparaissent de la surface de la Terre.

– Dites donc, ça a l'air de plutôt vous amuser de me voir crever. C'est de voir mourir l'assassin de l'ami de votre père qui vous fait jubiler ? Pourtant je suis un être humain moi aussi.

– Il faudrait savoir. Tout à l'heure vous refusiez absolument d'être un être humain.

– Peu importe ce que je crois être. L'important pour vous c'est ce que vous croyez que je suis et là, en ce moment, ce que vous croyez que je suis est important pour moi aussi.

– Ah oui ?

– Eh oui, en quelque sorte je suis en votre pouvoir.

– En mon pouvoir ?

– Oui, je suis là cloué sur ce banc, à votre merci, je n'aurais même plus la force de vous retourner une beigne.

– Oui surtout que... »

Elle se baisse, ramasse quelque chose par terre.

« Vous avez perdu ça. »

Elle tient mon calibre.

« Je connais cette arme, c'est l'arme que portaient les nazis, une arme de tueur, c'est avec elle que vous avez tué le député Breuil ?

– Cette histoire date de trente ans en arrière, vous croyez que j'aurais gardé la même arme jusqu'à maintenant ? J'avais quel âge ? 20 ans, 22 ans, j'ai l'impression que c'était hier.

– Tenez, reprenez cet objet, il pourra peut-être encore vous servir.

– Non merci, je n'en ai plus besoin. »

Elle pose le Luger entre nous sur le banc.

« Pourquoi dites-vous que vous êtes en mon pouvoir ?

– Lorsque deux personnes se rencontrent l'une prend le pouvoir sur l'autre.

– Toujours ?

– Oui, bien entendu toujours, sinon comment voulez-vous que les choses marchent ?

– Les choses ?

– Oui, le monde, la vie, vous voyez c'est comme ça !

– Non je ne vois pas, le monde, les choses, la vie, le pouvoir tout cela me paraît confus.

– Confus ? Je ne suis pas confus, je n'ai jamais été confus. Le Mammouth est un homme droit, sans mensonge, sans détours, sans confusion. Je ne suis absolument pas confus, tout est très clair pour moi. La vie est une question de pouvoir, d'équilibre du pouvoir.

– Le pouvoir de celui qui peut tuer sur celui qui est tué ?

– Exactement, c'est comme ça, c'est la règle du jeu.

– La règle du jeu ?

– Oui. Une fois tu tiens le calibre du bon bout. Une fois c'est l'autre.

– Si je comprends bien vous allez mourir parce que c'est la règle du jeu ?

– ...

– Que dites-vous ?

– ...

– Vous ne dites rien ?

– C'est-à-dire... Il est possible... Enfin... Je ne connaissais peut-être pas toutes les règles.

– Je ne sais rien de vos règles du jeu. Je ne sais rien de vos rapports de pouvoir. Vous m'effrayez, non pas parce que vous vous faites appeler le Mammouth et que vous portez une arme, ni même parce que vous êtes un tueur professionnel avec un pistolet de nazi.

– Le pistolet ne fait rien, ce n'est qu'un outil.

– Un outil ? Je croyais que vous n'étiez pas un professionnel ?

- Oui, un outil, le député a été tué avec un Colt, l'arme de la démocratie américaine, de la fin du massacre des Indiens, des gangsters. Je ne vois pas pourquoi vous êtes effrayée, je n'aurais jamais fait de mal à une femme comme vous, ni à aucune femme d'ailleurs.

- C'est faux et c'est cela qui est effrayant, il suffit que l'on vous propose de l'argent et je serais entrée dans votre règle du jeu.

- Mais non voyons, ça ne se passe pas comme cela.

- Ah non? D'après vous, le député Breuil, vous croyez qu'il la connaissait votre règle du jeu, vous croyez vraiment qu'il jouait à votre jeu d'abruti, un homme tel que lui. Il était comme moi, comme mon ami, comme tous les gens que je fréquente, ils ne connaissent rien à votre jeu. Vous savez monsieur... Avec votre personnage de Mammouth... Comment avez-vous pu vous laisser appeler comme cela? C'est d'un ridicule... Vous savez... Je vais vous apprendre quelque chose, croyez-moi cela va vous surprendre. Vivre ce n'est pas jouer. Il n'y a que les enfants qui jouent leur vie. Encore immatures, ils peuvent croire un instant qu'ils sont des Indiens ou des cow-boys, des gendarmes ou des voleurs et ils établissent des règles pour leurs jeux mais, vers les 7, 8 ans, ils grandissent et comprennent la différence entre le jeu et la vie réelle.

- D'après vous j'ai 7 ans d'âge mental?

- Exactement... La règle du jeu, mais qui vous a autorisé à établir une règle du jeu pour le député Breuil, ou pour moi, ou même pour vous...

- Pas pour vous, je n'aurais sûrement pas fait de mal à une femme et certainement pas à vous.

- Ah non! Pourquoi?

- Je ne sais pas, j'aurais su...

- Votre instinct?

- Oui mon instinct.

- Pendant la guerre, on emmenait des Juifs sur la route, à pied. Les nazis leur avaient dit qu'ils les emmenaient dans des camps pour travailler. Sur le bas-côté de la route des paysans leur donnaient à manger et à boire, à voix basse ils les prévenaient : "Attention vous marchez vers la mort, ils vont vous tuer." Les pauvres gens ne voulaient pas croire cela, ils ne comprenaient pas. Pourquoi voudrait-on les tuer?

Cela n'était pas logique, pas raisonnable, on allait exploiter leur travail, mais pourquoi les faire marcher pour les tuer ? Pourquoi, monsieur le Mammouth ?

– Je ne sais pas pourquoi ! Pourquoi ? Pourquoi vous acharnez-vous à me faire plus noir que je ne suis ? Je ne suis pas un tueur à gages et je n'ai rien à voir avec les nazis.

– Je vais vous dire pourquoi. C'est vous qui venez de me le faire comprendre. Les nazis ont inventé une règle, le jeu de la race supérieure dont la règle était l'extermination systématique des autres. Mais comme vous ils ont oublié de prévenir le reste du monde qu'ils participaient au jeu, l'Europe comme grand terrain de jeu pour des enfants débiles. »

Elle n'avait pas crié, elle chuchotait presque à mon oreille. Je ne comprends pas sa colère. Pourquoi elle me ramène ces histoires d'enfoirés de Boches ?

Nous restons un moment en silence. Je ne sais pas quoi dire. Elle semble reprendre son souffle.

« Vous ne me feriez pas de mal ?

– Non bien sûr, jamais.

– Ni à aucune femme ?

– Non, pourquoi voulez-vous qu'il y ait un contrat sur une femme ?

– Un contrat ? Un contrat professionnel ?

– Mais non, ce n'est pas ainsi que cela se passe.

– Vous savez Sébastien, lorsqu'Édouard Breuil a été abattu, sa femme Maryse s'était couchée, elle lisait un livre, elle a entendu le coup de feu qui l'a fait sursauter, mais elle ne s'est pas inquiétée, elle ne savait pas que dans sa vie, dans la vie de son mari, des gens jouaient comme des enfants à des jeux de mort. Elle ne connaissait pas vos règles de jeu, Sébastien, son mari promenait leur chien, il allait remonter. Lorsqu'elle a appris la mort de son compagnon, sa vie s'est éteinte à tout jamais. Voilà une femme que vous pouvez mettre sur votre liste. Quelquefois j'invite Marie, la fille d'Édouard et de Maryse, à boire un thé, encore aujourd'hui il lui arrive de fondre en larmes à la mémoire de son père, mort, abattu d'une balle dans la nuque. Voilà une deuxième femme que vous pouvez mettre sur votre liste, Sébastien. Et vous savez, lorsque je vois Marie pleurer ainsi, doucement, après trente années, je suis plongée dans une grande tristesse. Cela fait trente ans que je connais la tristesse à cause de vous Sébastien. »

Cette femme, que me dit-elle ? J'avais oublié le député. Je n'ai jamais vraiment vu son visage.

« Alors tout est bien, si je meurs cette nuit, Marie sera vengée.

– Vengée ? La vengeance c'est encore une de vos règles du jeu.

– Vous compliquez tout.

– Vous trouvez que c'est moi qui complique ? Vous vous promenez la nuit avec une arme et vous vous permettez de tuer des gens et c'est moi qui complique ? »

Je suis fatigué, cette mort est trop longue à venir. Je devrais peut-être l'envoyer chercher police secours.

« Comment savez-vous que je lui ai parlé ?

– Comment ?

– Au député, comment savez-vous que je lui ai parlé ? La rue était déserte. Il n'y a pas eu de témoin, d'où mon non-lieu. J'ai en effet dit quelque chose au député Breuil, mais j'ai toujours nié être l'auteur de l'assassinat. Alors, qui a bien pu vous dire que je lui avais parlé ?

– Les journaux, les avocats, Maryse l'a su...

– Oui, mais comment quelqu'un m'a-t-il vu parler au député ? Vous avez raison, cette histoire de règle du jeu est débile, mais je ne suis pas le seul à y jouer. Vous savez ? Non vous ne savez pas. Vous ne voyez pas ces choses-là.

– ...

– À quelques pas de l'appartement bourgeois d'Édouard, Maryse et Marie Breuil il y avait, il y a toujours une boîte à partouzes, un ancien claque fréquenté par les lascars de la rue Lauriston... »

Me voilà parti à faire le malin. Pourquoi ? À quoi bon ? À quoi bon lui raconter ces choses que j'ai apprises plus tard pendant les cinq longues années d'instruction. Une instruction qui ne voulait rien savoir, sachant déjà tout, plus que moi. Je savais mais pas tout. Tous les six mois le curieux ouvrait mon dossier, inscrivait la date du jour, signait et c'était reparti pour six mois. Il a fallu des années pour savoir ce qui s'était passé, pour comprendre qu'en fait il ne s'était rien passé, un jeu d'abrutis comme elle disait. Comme dans toutes ces histoires je n'avais été qu'un pion, mais cela ne m'excuse pas. Tout le monde dans ces histoires n'est qu'un pion, inutile de chercher une tête pensante, il n'y en a pas. Au mieux vous tomberez sur quelqu'un qui a eu l'idée.

Un jour un abruti dans un bureau ministériel ou à la buvette d'un parti politique dit à haute voix :

«Cela serait vraiment chouette si Breuil avait un accident, car, quoi, mince, il nous ennuie...

– Alors c'est vous qui avez commandité le meurtre ?

– Mais pas du tout voyons ! Vous êtes fou ! Ma fille a été à l'école privée avec sa fille, nos femmes buvaient le thé ensemble... C'est mon secrétaire.

– Votre bras droit ?

– Un ami, un jeune plein d'avenir. Je ne sais pas ce qu'il a compris... »

Le secrétaire plein d'avenir est membre actif du parti gaulliste, il connaît des gens du SAC[1]. Il s'adresse à celui qu'il pense être le plus digne de confiance, le plus viril. Le type du SAC viril, ancien de la Légion viré de l'armée pour alcoolisme, il sert gratuitement d'indic aux Renseignements généraux pour être dans le coup, pour jouer les barbouzes. Le jeune Machin cherche un tueur pour tuer le député Breuil raconte-t-il aux fonctionnaires des RG. En passant sous silence les cinq plaques qu'il a prises au petit secrétaire plein d'avenir pour trouver un tueur. Mais il ne connaît pas de tueur.

«Tu devrais en parler à Mattei du Cercle de jeux sur les Champs», lui répondent les RG.

Voilà l'ex-légionnaire, toujours alcoolique, qui se croit propulsé dans les hautes sphères des barbouzes et de la mafia corse.

«Monsieur Mattei, excusez-moi de vous déranger. »

L'autre avec sa sale gueule d'aigle le reçoit comme un chien.

Le type du SAC, cela le fait jouir d'être traité comme un chien, ça lui donne l'impression de servir la France.

---

[1] Service d'action civique.

Les RG s'occupent aussi des jeux.

Mattei a ses secrets, pour le reste, il balance aux RG pour lutter contre ces petits cons du FLNC[2].

« Un cave gaulliste est venu me demander si je connaissais quelqu'un pour fumer le député Breuil.

– Tu connais quelqu'un ?

– Pas quelqu'un de chez moi en tout cas. »

...et le Mammouth de se pencher à l'oreille du député.

« Pourquoi me regardez-vous comme cela ?

– Je vous regarde comment ?

– Comme si j'étais une dinde, une demeurée qui ne saurait rien de rien. Maryse s'inquiétait des fréquentations qu'Édouard entretenait depuis l'époque de la guerre d'Algérie.

– Est-ce que Maryse connaissait aussi la petite habitude de son mari de député ?

– Habitude ?

– Doudou...

– Doudou ?

– Édouard descendait avec son chien pour une longue promenade, il traversait la rue Washington et, en rasant les murs, son clebs dans les bras il parcourait quelques dizaines de mètres pour s'engouffrer sous une porte cochère rue La Mennais.

– Taisez-vous ! Je ne veux pas vous entendre, ce sont des calomnies, ces choses-là n'existent pas.

– Attendez, ne vous énervez pas, Doudou ne faisait rien de mal.

– Mais pourquoi l'appelez-vous ainsi, vous n'avez donc aucune pudeur, vous avez abattu cet homme magnifique et maintenant vous inventez des saletés sur lui.

– Doudou, mon cher député chéri. C'est la mère maquerelle qui l'appelait ainsi, sa manière à elle de se sentir importante. Je pense que, à Doudou, cela ne devait pas trop lui plaire cette familiarité.

– Ah oui, comment le savez-vous ?

– J'ai vu sa tête lorsque la mère Annie se pendait à son bras, elle lui chuchotait à l'oreille, mais suffisamment fort pour que les filles,

---

[2] Front de libération nationale corse.

le barman, et le videur entendent : "Tu vas voir, ce soir il y a deux trois beaux couples." Le videur allait promener le chien. Le député se plaçait dans l'ombre pour mater un peu plus bas, à travers un jeu de miroir, des couples en train de partouzer.

– Ce n'est pas vrai.

– Je dois dire qu'il avait la classe. Une main dans une poche, l'autre posée sur la rambarde, il ne buvait rien, ne demandait aucun service aux filles. Il restait là immobile, à regarder intensément les couples s'envoyer en l'air. Il ne restait pas très longtemps, vingt minutes, une demi-heure, récupérait son chien et rentrait chez lui.

– Et vous qu'est-ce que vous faisiez là ?

– Je baisais Annie de temps en temps.

– Et vous l'avez tué ?

– Oui.

– Pourquoi ?

– Annie me l'a demandé.

– Pourquoi ?

– Pour rendre service à quelqu'un.

– À qui ?

– Je ne savais pas à qui.

– Mais ensuite vous avez su ?

– J'ai deviné.

– Et alors ?

– Les RG s'intéressaient aux cercles de jeux et aux bordels. L'un des deux fonctionnaires que l'ex-légionnaire avait été trouver était un ancien activiste de l'OAS [3] métropole...

– Et alors ? Continuez cette histoire abracadabrante.

– Au moment de l'abattre Annie m'avait demandé de lui dire : "Voilà le retour des valises." »

---

[3] Organisation armée secrète.

« Le retour des valises ?

- Pendant la guerre d'Algérie votre député avait organisé un réseau pour venir en aide aux activistes du FLN[4]. Ceux qui transportaient l'argent, les armes, les explosifs étaient des Français, intellectuels de gauche, instituteurs socialistes, ouvriers communistes, syndicalistes. Ensuite, lors des pourparlers de paix, Breuil a joué un rôle très important et occulte auprès de De Gaulle...

- Ainsi, tueur à gages à la solde d'une mère maquerelle, vous avez cru entrer dans l'Histoire ?

- Qu'est-ce que vous racontez ? Je m'en fous de votre Histoire et je ne suis à la solde de personne.

- Ah non ! Et combien vous a-t-on payé pour faire ce sale boulot ?

- Rien.

- Ne me dites pas que vous avez tué un homme pour les beaux yeux de cette Annie tenancière de bordel.

- Oui, non, je n'ai pas fait cela pour elle. D'ailleurs elle n'avait rien contre son député. Au contraire elle aimait que son Doudou fréquente sa maison, ça lui donnait de la classe aux yeux des petits commerçants et des professions libérales qui venaient s'encanailler et se mélanger dans son claque.

- Et combien vous a-t-elle payé ?

- Payé ?

- Oui, si j'ai besoin de vous pour tuer quelqu'un, combien cela me coûtera-t-il ?

- Mais je n'ai pas été payé.

- Comment ?

- Je n'ai pas fait cela pour de l'argent mais pour rendre service.

---

[4] Front de libération nationale

– Rendre service ?

– Oui.

– Mais vous êtes un fou, un dément ! Vous voulez me faire croire que vous tuez les gens pour rendre service !

– Oui.

– À cette Annie ?

– À elle, à son mari.

– À son mari ! Écoutez je ne comprends rien, elle était votre maîtresse ?

– Ma maîtresse… Je la baisais, quoi…

– Vous la baisiez et vous rendiez service au mari ?

– Oui, enfin…

– Mais… Si vous n'avez pas été payé pour accomplir cette monstrueuse besogne, qu'est-ce que cela a bien pu vous rapporter, pas seulement le plaisir de faire plaisir ? »

Pourquoi, pourquoi j'ai tué le député Breuil ? Comment lui expliquer cela, là, à deux doigts de mourir moi-même ? Quelle bonne raison je pourrais trouver qui justifierait mon geste à ses yeux, qui lui donnerait du poids ? À la fin de sa vie on aime se souvenir d'œuvres que l'on a accomplies ou, tout au moins, d'une mauvaise action dans laquelle on se serait accompli totalement.

« En vérité c'est à Mattei que j'ai voulu rendre service.

– Vous connaissez ce Mattei ?

– J'ai travaillé pour lui au Cercle de la Marine.

– Vous faites partie de la mafia corse ?

– Dites donc ma p'tite dame, faudrait vraiment arrêter de lire les torchons et de regarder les films de gangsters !

– Enfin tout le monde sait que cet homme est un caïd de la mafia corse et vous venez de me dire que vous étiez employé par lui ?

– Comme loufiat.

– Pardon ?

– Vous me fatiguez, je travaillais au Cercle comme serveur au restaurant. »

C'est vrai je suis fatigué, comment expliquer le comment et le pourquoi de sa vie.

« Vous pouvez tout expliquer vous, tout ce que vous avez fait dans votre vie ?

– Bien sûr.

– Dites donc, vous êtes drôlement forte.

– Non, je ne suis pas forte ! Mais je n'ai jamais posé d'acte qui me dépasse. Je n'ai jamais accompli une chose d'une telle démesure, d'une telle énormité que je puisse en perdre le sens, comme par exemple tuer un être humain. Vous rendez-vous compte ? Vous, assis sur ce banc qui, bientôt, ne serez plus. Vous, sans ami, sans famille, sans maison, sans éducation vous vous êtes autorisé des gestes d'une telle gravité, des actes si pesants, si lourds. Pire que cela, en vérité vous ne vous êtes rien autorisé, incapable de penser pour vous-même, incapable de conscience. Pour... comment dites-vous ? Pour rendre service, vous vous êtes proposé comme instrument, en effet, comportement de loufiat, je commence à comprendre votre histoire de règle du jeu.

– Ah oui ?

– Oui, vous n'êtes pas difficile à comprendre. Ce qui trompe ce n'est pas votre complexité mais votre simplicité, vous n'êtes qu'une brute, une sorte de néant.

– Vous pourriez m'expliquer ma règle du jeu ?

– Tout à fait.

– Je suis intéressé car je vous avoue que personnellement je ne l'ai jamais très bien comprise.

– La base de votre règle du jeu c'est de tout d'abord ramener les gens à votre propre boue, à votre propre cloaque. Ce que vous appelez l'instinct n'est en fait que la connaissance de votre propre bêtise, de votre propre méchanceté et votre vice dont vous habillez les autres. Vous croyez savoir instinctivement ce que les autres vont faire ou penser, mais en vérité ce ne sont que vos propres pensées et vos propres actions. D'abord ramener le monde à votre caca mental. Le député Breuil joue les voyeurs dans un bordel, vous le croyez descendu à votre niveau, à votre vision de l'existence. C'est un voyeur qui fréquente les bordels et qui a trafiqué les armes pour le compte des tueurs du FLN, il est donc comme vous, et il accepte la règle du jeu. Comme le pilleur de banque qui justifie son geste sous le prétexte que les banques vivent de la manipulation de l'argent et donc malhonnêtement. Ne s'apercevant pas qu'en posant son acte il n'agit pas sur les banquiers mais sur des gens étrangers à la règle du jeu, présents par hasard ou par nécessité.

- Continuez...

- On se trompe sur les nazis si on croit que ce qui les a fondés c'est l'idée d'être une race supérieure, pas du tout, le fondement de leur pouvoir meurtrier, destructeur, exterminateur ce sont tous ces gens à qui on a donné la possibilité de ramener les autres à leur propre saleté. Les juifs, les gitans, les homosexuels stigmatisés, salis, avilis, rabaissés comme race inférieure, ramenés aux marécages de leurs bourreaux, aux égouts de la pensée nazie. Les rats comme image des juifs ce n'était de la part des nazis qu'une manière de ramener les autres à l'image qu'ils se faisaient d'eux-mêmes. D'ailleurs quelques années plus tard, des néonazis se serviront de l'image des rats pour se stigmatiser eux-mêmes.

- Alors vraiment je n'ai aucune chance de me retrouver au Paradis. Me voilà à tout jamais jeté dans la géhenne avec les nazis et tous les tueurs en série de l'Histoire, parce qu'un jour il y a trente ans j'ai tué l'ami de votre père?

- Ne vous haussez pas du col à nouveau, vous tentez toujours de vous tirer par les cheveux pour vous sortir de votre marécage dans lequel vous vous êtes enfoncé depuis toujours. Vous n'êtes rien, vous n'avez rien accompli et votre acte de mort est un non-acte. Aucun dieu ne vous prendra suffisamment en considération pour vous juger, pour juger vos petites actions.

- Je ne comprends pas, quelquefois ce que j'ai fait est très grave et quelquefois c'est insignifiant?

- Regardez, arrêtez-vous un instant. Vous êtes là au milieu de l'Univers et vous allez mourir. D'après vous, à quelle norme les choses de votre vie, vos faits et gestes, votre pensée peuvent-ils prendre de la réalité? Qui a agi, qui a pensé, qui est passé à l'acte: Annie, son mari, Mattei, les RG, l'ex-légionnaire, le député Breuil, qui?

- Mais... c'est-à-dire... C'est moi... mais dans la vie il y a des obligations... Enfin, vous voyez?

- Non je ne vois pas!

- Mattei m'a pris par les épaules et m'a dit: "Petit, j'aimerais que tu rendes un service à un ami." Vous comprenez, c'est à moi qu'il s'adressait.

- Ce que vous me dites c'est qu'il suffit de vous parler gentiment, de vous mettre la main sur l'épaule dans un faux-semblant d'amitié, d'affection, pour vous envoyer tuer quelqu'un, n'importe qui ?

- Oui... Non... Pas n'importe qui. Je veux dire que je n'aurais pas été tuer n'importe qui pour n'importe qui.

- Ah non, vous pensez vraiment que vous étiez capable de faire une sélection un choix ?

- Écoutez... Ça suffit... Je ne comprends pas pourquoi vous me parlez ainsi. Je vous dis que je ne suis pas un tueur professionnel parce que les tueurs professionnels ça n'existe pas, sauf peut-être chez les gendarmes d'intervention, dans certaines unités d'élite. Je n'ai pas passé ma vie à tuer des gens. C'est vrai, c'est moi qui ai assassiné Breuil il y a trente ans de cela, point. Je n'ai jamais tué personne d'autre.

- Allons, allons, le Mammouth, comment cela serait-il possible ? Un homme avec votre pedigree, notoirement connu comme tueur à gages. Et vous parlez de votre métier tellement bien.

- De mon métier ? Parce que dans votre petite tête de dinde vous croyez vraiment que tuer quelqu'un demande du métier ?

- Et qu'est-ce que cela demande ?

- À Madagascar, dans une école de tireur isolé, le sergent instructeur ne cessait de répéter aux élèves : "Tire et oublie."

- Vous voulez dire que pour être un tueur il suffit d'oublier ?

- Mieux il suffit de ne pas savoir.

- De ne pas savoir ?

- Oui, le député Breuil je le trouvais sympa. J'aimais bien sa petite manie. Pendant que sa bourgeoise se mettait au lit avec un bon livre, lui il venait reluquer les tentatives de sexualité de couples partouzeurs. Je me suis approché de lui comme si je m'approchais familièrement d'un ami. J'ai tiré sans me voir tirer. Pour moi, en quelque sorte, jusqu'à aujourd'hui, Breuil n'est pas mort. J'ai tiré et j'ai oublié. J'ai oublié que je tirais avant d'avoir tiré.

- Sébastien vous vous rendez compte de ce que vous me racontez ?

- Je devine ce qui vous chiffonne. Ça vous plaisait bien cette histoire de tueur à gages. Voilà du tout à fait clair. On veut consciemment, volontairement, raisonnablement la mort de quelqu'un, on téléphone à un tueur qui n'attend que cela, il vous dit ses tarifs et vous signez un contrat. Mais la vraie vie n'est pas ainsi faite ma petite dame, même vos nazis.

– Ne dites pas *mes* nazis s'il vous plaît.

– Pardon… Même les nazis n'ont pas agi ainsi. Entre leur politique de tueurs et les assassinats posés en actes il a fallu une filière de fonctionnaires, de policiers, de concierges, de voisins et de SS. Ces derniers l'ont dit ; à la question *Pourquoi ?,* ils ont répondu : pour suivre les consignes, par camaraderie, par amour du chef, pour servir Dieu ou le grand Reich, pour rendre service. Même si vous avez raison, à ma grande honte, Breuil ce soir-là a rencontré la bêtise, la brutalité en ma personne. Et le fait que RG, police, justice aient couvert le meurtre ne me décharge pas de mon abrutissement. Mais, par pitié, ne me jugez pas pour autre chose que ce que j'ai fait et comme je l'ai fait.

– Je ne vous juge pas. Vraiment. J'aimerais vous aider, vous sauver, vous, puisque nous n'avons pas su vous et moi sauver Édouard Breuil. Mais je ne comprends pas comment vous avez laissé les gens vous calomnier ?

– Peut-être pourriez-vous appeler police secours ?

– Oui, vraiment vous croyez, vous ne pensez pas qu'il est trop tard ?

– Vous croyez qu'il est trop tard ?

– Peut-être pas pour tout, entendu je vais téléphoner pour que l'on vienne vous chercher.

– Pourquoi dites-vous me chercher ?

– Pardon ?

– Pourquoi dites-vous : venir me chercher et non pas venir me sauver ?

– Vous sauver ne dépend que de vous. Personne ne peut rien pour vous sauver même pas police secours.

– Et vous, vous pensez m'aider à me sauver ?

– Peut-être.

– Comment ?

– En vous écoutant.

– En m'écoutant ?

– Avec amour.

– Vous m'aimez ?

– Bien sûr, quelle question absurde. Croyez-vous que je resterais là à me geler si je ne vous aimais pas ?

– Mais vous ne me connaissez pas ?

– Qu'est-ce que cela veut dire vous connaître ?

– Je croyais que vous ne pratiquiez pas l'instinct, le coup de foudre ?

– Mon pauvre Sébastien vous avez compliqué votre vie à force de la simplifier. Cela n'a rien à voir avec l'instinct mais plutôt avec la conscience.

– La conscience ? N'employez pas des mots trop compliqués s'il vous plaît, je n'ai plus le temps d'apprendre à regarder dans un dictionnaire.

– Je ne suis pas tombée amoureuse de vous comme vous êtes si souvent tombé en prison, mais je vous aime.

– …

– Je vais aller chercher de l'aide.

– Attendez il faut d'abord que je vous explique, on ne sait jamais. Ce que vous appelez des calomnies ont été pour moi pendant toute ma vie du lait et du miel. Je vais vous expliquer comment j'ai été payé de l'assassinat du député Breuil. Avant de travailler au Cercle de la Marine j'ai travaillé au Laurent, le restaurant juste derrière nous, vous devez le connaître ?

– Oui, bien sûr, à l'époque c'est Monsieur Fred qui tenait Le Laurent. Édouard Breuil mangeait souvent là à midi.

– Ah, oui…

– Monsieur Fred et Édouard se connaissaient très bien, je crois qu'ils faisaient partie du même club de bridge. Mais vous avez travaillé très jeune pour Monsieur Fred ?

– Oui.

– Ah…

– Vers les 18, 19 ans j'ai voulu quitter Le Laurent.

– On raconte que Monsieur aimait bien les jeunes garçons.

– Je ne sais pas. Sans doute des calomnies.

– Comme pour vous…

– Mattei, Monsieur Mattei m'a reçu avec beaucoup d'attention, cela m'a touché. Il m'a dit : "Petit, ici c'est une grande famille, si tu travailles bien, si tu es réglo, tu pourras toujours compter sur le Cercle. Je connais Fred, je sais qu'il t'a bien appris le métier, mais ici au Cercle on a d'autres manières, ici on travaille entre hommes, avec honneur et honnêteté les uns envers les autres." Pour moi travailler au Cercle a été comme un nouveau départ, un commencement. Après avoir tiré mes cinq ans de cabane pour l'assassinat de Breuil et m'en être sorti avec un non-lieu, j'ai été reçu par le quartier en héros. Mattei, Annie, son mari m'avaient fait le papelard dans tous les bars, boîtes, bouges, claques et tripots du coin.

– Le papelard ?

– J'étais devenu le tueur du député, un malin à cause du non-lieu, et Mattei laissait dire que j'étais l'un de ses hommes de main, un de ses porte-flingues.

– Si je comprends bien, ils vous ont payé en vous fabriquant une carte de visite, un CV, en vous faisant de la pub ?

– Oui, c'est ça.

– Et les contrats ont afflué ?

– Arrêtez avec vos histoires de contrats. Les premières à affluer, comme vous dites, ont été les frangines, le nombre de putes, d'hôtesses, de barmaids qui voulaient être maquées avec un homme à Mattei...

– Un homme à Mattei ou un homme de Mattei ?

– Pardon ?

– Peu importe.

– Du côté d'Annie c'était les femmes de dentiste, les patronnes de brasserie qui voulaient s'envoyer en l'air avec un tueur pur sucre, devant ou au su des maris qui faisaient mine de ne pas pouvoir s'interposer, contraints, soumis.

– Et si tout simplement vous faisiez vraiment peur à tous ces gens ?

– Bien sûr qu'ils avaient peur, mais la peur leur servait d'excuse. Ma notoriété est née dès mon arrestation, chez les flics j'ai été traité en VIP. Pour la brigade criminelle il était entendu que l'assassinat de Breuil était politique. Cela faisait de moi un tueur spécial, un homme de main des hautes sphères et, par contrecoup, eux qui m'avaient arrêté avec la collaboration du Groupe d'intervention de la Police nationale et eux qui m'interrogeaient devenaient susceptibles de connaître les secrets des hautes sphères. Promu tueur professionnel de personnalité politique, je refilais du galon à qui pouvait être avec moi sur la photo. Le juge d'instruction n'insista pas sur les questions de fond et se borna à constituer son dossier dans la forme. Il semblait penser que nous avions passé un accord tacite entre gens qui savaient des choses. Bien sûr il donna des consignes pour que je sois incarcéré comme Détenu particulièrement surveillé, mais il ne demanda pas cela comme une brimade. On lui avait téléphoné à plusieurs reprises, des personnes différentes qui voulaient toutes la même chose, que l'affaire ne fasse pas trop de bruit. Il avait l'habitude de ce genre d'appel. Même dans les affaires les plus insignifiantes, il y avait toujours quelqu'un pour lui téléphoner : une mère, une épouse, un député, un collègue, un policier, le procureur. Il prenait toujours en considération ces sortes de douces consignes voilées, c'était de la bonne justice, ainsi il y avait une atmosphère générale qui donnait une tournure raisonnable à l'affaire. Ici, comme souvent, on ne demandait pas grand-chose : de la discrétion et que l'affaire soit renvoyée à plus tard. Ensuite un client de mon importance ne méritait pas moins que le label de DPS. Il me faisait ainsi franchir un pas dans la notoriété.

– À ce point ?

– C'est comme cela que je me suis présenté à la prison : tueur à gages, entouré de secret et DPS. L'administration pénitentiaire avait un endroit tout à fait adapté pour les notables de mon genre, le Quartier de haute sécurité qui, par rapport à la même cellule où étaient reclus à quatre ou cinq les sans-papiers africains, était le top de l'hôtellerie carcérale. À 22 ans je fus reçu en pair par l'ennemi public numéro un de l'époque, par l'un des premiers preneurs d'otage, par un autre tueur à gages algérien qui, lui, avait tué sans contrat un ronflant de la pègre libanaise, un roi de l'évasion. Deux ans plus tard on me sortit de mon QHS pour me placer dans une division de DPS. Mon intimité avec l'ennemi public numéro un, évadé et mort entre-temps, avait encore donné du poids à ma notoriété, je pouvais sans problème à 24 ans traiter d'égal à égal avec mes nouveaux codétenus : équipes de braqueurs, mafiosi, caïds du milieu juif, équipes de kidnappeurs ou de racketteurs. Cerise sur le gâteau pour faire bonne mesure pendant les deux années, le juge d'instruction m'avait interdit les parloirs et appliquait une censure draconienne sur mon courrier. Cela tombait bien, sans un sou je pouvais cacher la honte de ma pauvreté derrière ce dispositif de sécurité, qui signifiait bien toute mon importance.

– Et ensuite ?

– Pendant les trois premières années pas un seul instant je n'eus à souffrir de cette pauvreté pécuniaire, mes codétenus plus riches devenus des amis n'ont cessé de m'assister avec largesse et discrétion. Jusqu'au jour où un ami de prison m'a mis en relation avec une amie de sa femme qui tapinait à Saint-Denis. Mado qui connaissait ma carrière depuis son début et était tombée amoureuse de moi en lisant les articles concernant l'affaire Breuil dans *Le Parisien libéré*, journal de droite qui a beaucoup fait pour la carrière des voyous. À partir de Mado ma vie est devenue plus confortable. Je n'ai plus eu besoin de l'assistance non dite de mes amis. Et eux étaient soulagés de me voir entrer dans le club des possédants. Mado avait toujours rêvé de travailler en amazone autour de l'Étoile. Mes amis de prison connaissaient Mattei, bien souvent de renom ou pour l'avoir croisé ici ou là. En vérité personne ne connaissait vraiment le Vieux. Il n'avait pas d'ami de prison. Contrairement aux idées reçues, dans le village de Mattei, en Corse, faire de la prison était déshonorant. Que le juge m'interdise les parloirs tombait bien aussi. Personne n'avait l'intention de me rendre visite, ni la famille, ni un ami, ni une gonzesse. Amis et gonzesses je me les étais faits en prison. Dans ma cinquième année ma mère m'a rendu visite pour me montrer derrière l'hygiaphone crasseux ses opérations mammaires, deux nouveaux nichons siliconés et pour me demander d'intervenir auprès de son mec pour qu'elle puisse s'installer avec un nouveau. Ma notoriété de tueur devait aussi servir la famille. »

« Alors la prison, école du crime ?

– Pardon ?

– Vous êtes bien en train de me raconter qu'une fois jeté en prison pour un crime que vous aviez bel et bien commis, vous avez fait l'apprentissage du crime ?

– C'est surprenant qu'une personne intelligente comme vous se balade avec des clichés aussi merdiques.

– Comment savez-vous que je suis intelligente ?

– Vous savez écouter… La prison n'est l'école de rien, madame, on n'y apprend rien. C'est un objet, un outil de punition. On y enferme des gens qui ont commis des délits, des crimes. La prison est creuse de sens. Elle ne nous sert même pas à départager l'honnêteté de la malhonnêteté. Ceux qui sont envoyés en prison ont ceci en commun, tous délits et tous crimes confondus, c'est qu'ils ont fantasmé leur vie. À un moment donné ou tout le temps, ils ont remplacé le réel par des fantasmagories. Certains se réveillent immédiatement après leur crime accompli, d'autres en prison et se rendent compte d'un seul coup dans quel piège ils se sont placés, d'autres ne se réveillent jamais, le plus grand nombre, et vivent leur vie comme un fantasme en dehors de la réalité, à tout jamais. La prison n'est l'école de rien, c'est un lieu lui-même en dehors de la réalité. La vraie vie est interdite de séjour en prison. La prison n'apprend rien, elle ne fait que renforcer le monde fantasmagorique du délinquant, du criminel. Dans la grande promiscuité des fantasmes, la prison vous permet de croire que la vie que vous avez imaginée peut être la vie réelle. Le vieux codétenu, le multirécidiviste, le caïd, comme vous dites, n'ont pas grand-chose à apprendre au jeune voyou primaire. Par contre, à force de conversation dans les promenades, dans les cellules, à force de publicités mensongères dans les procès, les journaux, le jeune délinquant primaire est renforcé dans son idée que sa manière de vivre est fiable, bonne et qu'en vivant ainsi il est plus malin que les autres, ceux qui ne croupissent pas en prison.

– Ainsi les bandits seraient des irresponsables, de doux rêveurs ?

– Vous avez raison, si on devait envoyer les irresponsables et les rêveurs en prison, il faudrait enfermer 95 % de la population mâle et une partie des femelles. Savez-vous que Mattei, le caïd du milieu corse, n'a jamais fait un jour de prison, c'est étrange vous ne trouvez pas ?

– Il n'y a rien d'étrange à cela. Il a été tout simplement beaucoup plus malin que vous.

– Vous croyez ?

– Bien entendu, ce que vous m'avez raconté de vous jusqu'à présent me fait penser que vous êtes un imbécile immature et dangereux.

– Un jour je me promenais dans une cour de promenade de DPS, nous étions quatre ou cinq, dévaliseurs de banques, pilleurs de bijouteries, attaqueurs de convois de fonds, tous multirécidivistes. L'un d'entre nous a tout d'un coup demandé : "Pourquoi est-ce toujours les mêmes lascars que l'on voit tourner en prison ?

– Sans doute parce que nous sommes des losers, a répondu un autre.

– Pourtant nous ne sommes pas moins courageux, pas moins intelligents, pas moins déterminés que les autres, a affirmé un troisième.

– Au contraire, s'est exclamé le quatrième, les affaires, les années de cabane qu'on ramasse prouvent qu'on est des vaillants, des battants, gonflés à bloc, alors pourquoi sommes toujours en prison ?"

...et les Mattei sont dehors.

– Parce qu'il faut être con pour attaquer des banques. Et que les Mattei sont les vrais truands, malins, rusés. Vous avez peut-être une autre explication ?

– Peut-être oui. Avez-vous remarqué comme beaucoup de gens avouent qu'ils aimeraient bien quelquefois piller une banque ? Pourquoi ne le font-ils pas ?

– Parce que c'est mal, par peur de la loi, par morale et, entre nous, personne autour de moi, dans mes amis, n'a le fantasme de piller une banque.

– Ce codétenu dans cette cour de DPS se trompait, nous n'étions pas plus courageux, pas plus téméraires, pas plus battants. Nous étions tout simplement un peu plus enfoncés, un peu plus emportés dans notre fantasmagorie. Nos passages à l'acte n'étaient qu'une manière de placer nos fantasmes au milieu de la réalité. Une attaque de banque ce n'est que cela, quatre rêveurs en pleine hallucination qui font entrer de force leurs fantasmes dans la réalité.

– Alors Mattei n'est pas un rêveur ?

– Non, il rêve peut-être d'attaquer des banques les armes à la main, mais il se contente d'être juste malhonnête, une malhonnêteté bien réelle, compréhensible, raisonnable. Celui qui confond rêve et réalité est un danger public, certains sont appelés fous. J'avais 27 ans et je venais de passer cinq années à rêver ma vie. Le seul moment où un peu de réel montrait le bout de son nez c'était la nuit, un peu comme cette nuit. La nuit en prison, quelquefois le voile faisait mine de se lever, j'étais alors pris de terreur comme si la mort allait me sauter au visage.

– Pourtant vous ne semblez pas terrifié par la mort ?

– Ce n'était pas la mort derrière le voile, c'était la réalité. Et la première réalité était celle de ma condition présente.

– Alors que faisiez-vous ?

– Quelquefois je me recroquevillais en boule au milieu du mauvais lit sous les couvertures puantes de poussière et je gémissais, je pleurais en priant Dieu. D'autres fois je me masturbais une fois, deux fois, trois fois cherchant à m'épuiser. Mais la plupart du temps je me racontais des histoires, rajoutant une couche de rêves, de fantasmes, de mensonges, de futur improbable, de passé falsifié.

– ...

– Où j'en suis maintenant il est préférable que je meure.

– Cela fait plusieurs heures que vous devez mourir. Peut-être vous êtes-vous trompé. D'ailleurs vous n'êtes pas médecin, comment avez-vous diagnostiqué votre mort ?

– J'ai reçu une balle et j'ai senti mon sang s'écouler en dehors de moi.

– C'est la première fois que vous recevez une balle ?

– Non.

– Les autres fois vous pensiez aussi que vous alliez mourir ?

– Non.

– Pourquoi ? Pourquoi pas les autres fois, pourquoi cette fois-ci ?

– Les autres fois les blessures, comme la prison, faisaient partie de mon rêve éveillé. Comme dans les jeux d'enfants, j'allais en prison mais la prison ne me faisait pas mal, j'étais blessé et les blessures ne me tuaient pas.

– Cette fois oui ?

– Oui.

– Pourquoi ?

– Parce que je suis fatigué comme après une longue nuit sans sommeil et sans rêves.

– Vous ne m'avez toujours pas dit pourquoi vous aviez reçu cette balle ?

– Il faudrait que je vous explique ma sortie de prison, au risque de ne pas arriver au bout de mon récit.

– Allez au plus court !

– Si je vous raconte la fin, vous ne pourrez pas comprendre le milieu. Par contre si vous finissez par comprendre le milieu, vous pourrez en déduire la fin.

– Vous voulez dire pour comprendre votre milieu, le Milieu des truands ?

– Il n'y a pas d'autre milieu, madame, que le Milieu des truands.

– Pourquoi préférer mourir que vivre ?

– Je ne vois pas comment je pourrais supporter l'emprisonnement sans mes fantasmes. Vivre en prison en connaissant lucidement la réalité me glace de terreur. Vous vous imaginez, se retrouver en prison en sachant parfaitement qu'on y est, sans échappatoire possible. Et puis...

– Et puis ?

– Et puis cette nuit j'ai fini par tuer mon père.

– Votre père, comment ça votre père ?

– Lorsque je suis sorti de prison la première fois s'est ouverte devant moi une période de grande jouissance, cela a duré deux ans. J'ai vécu comme un coq en pâte dans ce quartier, reconnu par les barmen, salué par les tauliers et aimé par les gonzesses. Mon erreur, l'une des nombreuses erreurs, c'est de ne pas avoir suivi le conseil de Fred : "Petit, quoi que tu fasses dans la vie il faut toujours travailler, toujours avoir un travail." En sortant de prison je ne voulais plus bosser, bosser c'était pour les cons. C'était une des lois apprises en prison.

– Vous avez donc appris des choses en prison ?

- Une nouvelle fois non, apprendre c'est comprendre, c'est se construire. Ici la loi du mitan qui dit que seuls les caves travaillent n'était encore qu'un fantasme qui, comme tout fantasme, était impossible à vivre. J'aurai pu me méfier car autour de moi tout le monde travaillait, tout le monde avait un travail : Fred, Annie et son mari, les couples partouzeurs étaient commerçants, professions libérales, fonctionnaires, les girls dans les bars étaient barmaids, hôtesses inscrites à la Sécu. Même les putes allaient tapiner à heures précises, comme des fonctionnaires, toujours au même coin de rue, au même bistrot pour la pause. Impossible de les sortir de leur train-train quotidien sinon elles vous parlaient de manque à gagner, de concurrence, de fidélisation de la clientèle, même Mattei travaillait, tout le monde sauf moi et mes amis de prison.

- Mais que faisiez-vous de vos journées ?

- Je jouissais de la vie.

- Vous jouissiez ?

- Oui madame.

- Comment ça ?

- D'abord vous devriez me demander ce que je faisais de mes nuits. Rarement je voyais le jour. Je me réveillais vers les 13 heures, 14 heures, le temps de me préparer c'était déjà le début de la soirée, l'heure des embouteillages où Paris change de peau, Paris du jour des pue-la-sueur dans le métro et Paris de la nuit, Paris canaille des gourmettes en or, du champ' et du parfum de luxe, ce que j'appelais la vraie vie.

- Vous appeliez cela la vraie vie ?

- Oui, tous ceux qui ne vivaient pas ainsi étaient des cons, des demeurés, des caves qui n'avaient rien compris à la vie.

- C'est-à-dire 98 % de tous les autres gens, vous ne vous sentiez pas un peu seul ?

- Si, et c'est cela qui était jouissif, cette impression d'être à part, d'être au-dessus des autres.

- Mais les Annie, Mattei et compagnie travaillaient eux ?

- Oui.

- Vous les reléguiez aussi dans le monde des caves comme vous dites, des cons, des pue-la-sueur ?

- Non je croyais qu'ils étaient comme moi, ou je croyais être comme eux. La gonzesse derrière son comptoir je ne savais pas qu'elle travaillait.

– Ah non, vous pensiez qu'elle était là pour s'amuser ?

– Oui, exactement, je croyais qu'elle était comme moi un voyou, une personne à part. Vous commencez à comprendre pourquoi Mattei n'a jamais été en prison, ni Annie ou son mari, ni les barmaids et barmen, pas plus et rarement les putes. Tout ce petit monde travaille légalement, chacun a une profession, un métier, une fonction, un job tout à fait reconnu, intégré, accepté par la société, même les putes, même un Mattei caïd de la mafia corse, mais aussi inscrit au registre du commerce, à la Sécurité sociale, avec un permis de conduire, une voiture achetée à crédit au nom de sa société anonyme dans laquelle il travaille comme sous-directeur.

– Dans laquelle il faisait semblant de travailler, malin, rusé ?

– Non, ne croyez pas cela, il travaillait vraiment, il avait des responsabilités, obligé à s'astreindre à des horaires, des rendez-vous, de la paperasse.

– Oui, comme dans la vie.

– Il faisait plutôt semblant de ne pas travailler. Oui, comme dans la vie des caves, moi je refusais cela, d'un bloc, sans compromis. Le mari d'Annie m'avait proposé de travailler comme videur dans sa boîte, quelques heures de présence la nuit, au Smic plus les pourboires, ainsi je pourrais être inscrit à la Sécu au cas où je tomberais malade, et un salaire régulier m'aurait permis d'ouvrir un compte, d'avoir un crédit à la banque, de louer un appartement. À sa proposition je l'avais regardé de travers, en lui demandant méchamment s'il ne me prenait pas pour un cave, et j'avais offert une nouvelle tournée de champagne payé au prix de l'or. Annie avait haussé ses épaules nues en s'adressant à son mari : "Laisse-le tranquille avec tes histoires de Sécu, le Mammouth est un seigneur."

– Un seigneur ?

– Oui, cela peu vous paraître surprenant à me voir cette nuit assis sur ce banc, à vous raconter ma vie.

– Je ne suis pas surprise, je ne comprends pas ce que cela veut dire, ce que cela représente pour cette Annie ou pour vous ?

– J'étais autre, j'étais à part, j'étais fait autrement.

– Mais à part de quoi, de qui, qu'est ce qui a pu vous donner cette impression ? Parce qu'une tenancière de bordel vous traitait de seigneur, sans doute dans l'idée de vous manipuler.

- Me manipuler, vous croyez que l'on peut me manipuler ? N'avez-vous pas compris que toute ma vie j'ai cherché à vivre en homme libre et que, sans doute, j'ai en effet été plus libre que beaucoup d'autres. Pourquoi Annie aurait-elle cherché à me manipuler ? Vous vous trompez sur nos rapports. C'est plutôt moi, en me mettant ainsi, apparemment à son service, c'est moi qui la manipulais.

- Jeux de manipulation, jeux de pouvoir sans pouvoir. Vous avez cru qu'Annie avait du pouvoir parce que des couples venaient vivre chez elle timidement, petitement leurs vices communs en commun, vous avez cru qu'Annie était la maîtresse de ces vices, l'ordinatrice, et vous, en la baisant, c'est-à-dire en la manipulant, vous avez cru obtenir du pouvoir.

- Non... Mais...

- Libre : en prison, sous influence d'Annie, de Mattei, de Monsieur Fred, de votre mère ? Vous avez raison sur un point, Annie ne cherchait pas à vous manipuler avec un but précis. Elle le faisait par réflexe, par habitude, par morbidité. Il n'y avait aucun but dans sa manipulation, mais vous faisiez partie des choses qu'il était pratique d'avoir à portée de main, au cas où. Les hommes vous posaient la main sur la nuque et vous appelaient petit, les femmes vous posaient la main sur la queue et vous appelaient mon grand. Vous pouviez ici et là rendre service au cas où. N'est-ce pas ?

- ...

- Ce que vous appelez votre liberté, votre combat pour vivre en homme libre, en seigneur n'a été qu'un combat pour vous évader de votre prison. Vous êtes prisonnier de votre image, de votre propre représentation de vous-même. Vous vous voulez libre mais vous êtes stoppé par les limites de votre fief, incapable de penser un ailleurs, totalement dépendant de votre petit monde, croyant que vous ne pourriez pas vivre sans lui, que vous ne seriez plus personne en dehors de lui. Vous dites j'étais un homme libre. Vous n'êtes pas encore mort. Vous sentez-vous moins libre ? Pourtant vous allez mourir en seigneur, baignant dans votre sang au milieu de votre fief. Existe-t-il plus belle mort pour un seigneur ?

- Vous avez le don de reprendre mes mots et de leur donner une importance qu'ils n'ont pas, qu'ils n'avaient pas quand je les ai prononcés. Si je me prenais pour un seigneur ce n'était jamais sur le moment présent. Je ne déambulais pas dans la vie en me disant je suis un seigneur, je me disais seigneur par rapport à...

- Toujours ce rapport à quelqu'un, à quelque chose. Et maintenant ?

- Maintenant quelque chose a bougé, s'est comme effacé au moment où j'ai pris conscience de ma mort proche.

- Conscience ! Je croyais que vous ne saviez pas ce que voulait dire ce mot ? Vous apprenez vite.

- J'apprends trop tard...

- Il n'est jamais trop tard pour apprendre, pour comprendre. Jusqu'au dernier souffle tout est possible. Qu'est-ce que la mort à venir a bien pu vous apprendre qui vous avait échappé jusque-là ? Vous preniez-vous pour un homme immortel ?

- Oui, en quelque sorte, je me disais je suis un seigneur et je suis immortel. Mais la mort comme la prison ne m'ont rien appris, l'une et l'autre sont vides de sens, vides de signification. Ce qui m'a bouleversé c'est de regarder en face, non pas la mort, mais cette vérité absolue, cette certitude que j'allais mourir là, à l'instant, ou plus exactement que je pouvais mourir, que la chose était possible, envisageable. Et, je ne sais pas pourquoi, c'est ce que j'appelle conscience, en réalisant ma mort j'ai réalisé ma vie, que j'étais encore un peu vivant et que j'avais été vivant. Ne sachant pas la mort, je ne savais pas la vie.

- Toute chose existe en même temps que son contraire, le chaud et le froid, le jour et la nuit, la jeunesse et la vieillesse, mais croyez-vous que la mort soit le contraire de la vie ?

- Bien sûr il y a la mort et il y a la vie.

- Mais la mort n'est pas, alors que la vie elle existe, vous pouvez la sentir, la voir, la reconnaître, y penser, la visiter en tous sens.

- Oui, c'est vrai, juste au moment où je la perds.

- Non, juste au moment où vous la trouvez. Vous êtes sur le point de vivre et non pas de mourir, le contraire de la mort n'est-ce pas la naissance ?

- La naissance ?

- Je suis peut-être une dinde remplie de clichés sur votre milieu, mais vous il y a des mots qui vous échappent. Réfléchissez, pour mourir il faut être né.

- Heu... oui... bien sûr...

– Sortir du néant et retourner au néant. L'important c'est l'entre-deux, c'est-à-dire la vie. Plutôt que de vous prendre pour un seigneur, vous auriez dû vous apercevoir que vous étiez vivant, que vous étiez né.

– Je suis né…

– Vous ne vous preniez pas pour un seigneur, vous vous preniez pour Dieu. Incapable d'avoir conscience de votre finitude et de votre naissance, vous n'avez pas vu, pas vécu ce qu'il y avait entre les deux. Toute une vie sans existence. Vous pensiez jouir de la vie, mais vous êtes comme ces masturbateurs qui jouissent sans amour, qui ne jouissent même pas d'eux-mêmes, de l'amour d'eux-mêmes, mais se font jouir d'un fantasme, la vie dont vous avez joui n'a été qu'un fantasme. Votre vie à faire le voyou n'a été qu'une longue masturbation. Comme quand vous étiez en prison et que le rideau de la réalité allait se lever, vous étiez tellement terrifié que vous vous masturbiez une, deux, trois fois en vous racontant des histoires qui tenaient le rideau lourdement fermé devant votre conscience.

– Tout cela je pourrais l'accepter, mais vous ne pouvez pas dire que je n'ai pas vécu. Et je ne sais pas si le monde dans lequel j'ai vécu était un fantasme. Par contre je sais que d'autres ont participé à ce fantasme et, par rapport à certains d'entre eux, je me sens bien plus éveillé.

– Contrairement à une idée reçue la masturbation n'est pas toujours solitaire. »

« Eh ! Eh bien madame ! Voilà un langage que je ne vous connaissais pas : masturber, forniquer, dites donc...

- Contrairement à vous le Mammouth qui posez d'abord des actes, qui faites des choses et qui ensuite vous demandez vaguement comment s'appellent ces choses, moi je connais le nom des choses mais cela ne m'oblige pas à les faire, bien au contraire.

- Mais nous nous ressemblons tout de même, nous faisons ce que nous voulons.

- Détrompez-vous, nous ne nous ressemblons pas. Vous tuez un homme et vous mettez plusieurs années à comprendre que vous avez tué un homme et cela parce qu'on vous a emprisonné, sans la prison vous auriez oublié. Puis, vous mettez plusieurs années à vous le dire. Tout cela parce qu'avant de passer à l'acte, vous ne vous êtes pas dit les choses, pas vraiment dit. Je veux bien admettre que les tueurs à gages n'existent pas tels que je pouvais les imaginer. Un tueur c'est quelqu'un qui tue sans se le dire, en se racontant une autre histoire. Mais, sortant de prison, si vous n'avez pas vécu de votre spécialité de tueur, comment avez-vous gagné votre vie, car il faut bien gagner de l'argent pour vivre comme un seigneur ?

- Il ne faut pas gagner, il faut avoir de l'argent. Je vais vous raconter cela rapidement et ensuite vous me laisserez mourir.

- Ou vivre. Et puis vous devez me raconter comment vous avez tué votre père ?

- Cela vous pourrez l'apprendre par les journaux.

- J'ai décidé de ne plus lire les journaux, puisque vous me dites que ce qu'ils racontent n'est pas la vérité.

- Maintenant que je vous ai affranchie, vous pourrez lire entre les lignes. La vérité. En vérité je n'ai connu aucune vérité jusqu'à cette nuit où je viens d'apprendre la vérité sur ma finitude. À ma première sortie de prison, les deux ans qui ont suivi ont vraiment été de la rigolade. En prison, en fréquentant des braqueurs, j'ai compris que l'attaque de la boulangerie avec mon jouet quand j'étais môme n'avait été ni plus ni moins facile que les pillages de banques qui m'étaient racontés abondamment par mes codétenus. Le lendemain de ma sortie de taule, je commençais une longue série de bracos commis avec plusieurs équipes. Je tapais environ tous les mois. C'était le seul moment où je sortais du quartier et où je me levais de bonne heure. Ensuite, ma part en poche, je revenais la flamber sur mon territoire. Après chaque braco mes complices descendaient sur Paris et nous faisions la fête.

– La fête ?

– On buvait, on mangeait, on buvait et on sortait en boîte. C'étaient des voyous de la banlieue, pour eux Paname c'était déjà l'étranger. Loin de leur quartier, de leur cité où vivaient femmes, enfants, maîtresses et toute la famille ils se sentaient mal à l'aise. Je les invitais dans les restos chicos, ils se moquaient des manières des loufiats et ils ne comprenaient pas ce qu'ils mangeaient. La seule chose qui les intéressait c'était les frangines. Mais avec les frangines du coin il ne suffit pas d'allonger la fraîche, il faut aussi y mettre les manières. Eux ne voulaient ni faire briller ni mettre les manières. Pour mes potes les seules femmes sacrées étaient les mères, les sœurs et les mères de leurs enfants, tout le reste était des pouffiasses. Ils avaient tendance à se comporter avec les girls de Paris comme des troupes d'occupation, des barbares.

– Attendez, si je comprends bien, vous aviez choisi comme complices des gens qui rejetaient le monde que vous aimiez ?

– Oui, j'avoue que j'étais soulagé quand je les voyais remonter dans leur banlieue merdique.

– Les gens du quartier, que disaient-ils ?

– Le seul qui me faisait des critiques sérieuses c'était Mattei.

– Il voulait vous protéger ?

– Il voulait se protéger.

– Protéger son racket ?

– Protéger les apparences. Les voyous de la banlieue ne respectaient pas les apparences. Moi je les respectais trop. Les autres caves n'en avaient que plus de respect pour moi. On racontait que

Mattei s'était acoquiné avec des lascars de la banlieue pour faire la guerre aux juifs.

– La guerre aux juifs ? Vous étiez en guerre contre les juifs ?

– Moi je n'étais en guerre contre personne, mais des bruits couraient. Un jour, enfin une nuit, Annie…

– Encore elle !

– Annie m'a présenté un couple, des habitués de la boîte. Je les connaissais de vue, ils tenaient une boîte de nuit avenue Gabriel, L'Intime, pas très loin du Laurent. Un couple tout à fait bien assorti, ils ressemblaient à Annie et à son mari et semblaient se connaître depuis l'école. Deux petites personnes tout à fait propres sur elles, de taille moyenne, ni trop grandes ni trop petites, lui costards bien coupés, elle bon chic bon genre. Même derrière le comptoir de sa boîte, elle semblait toujours revenir d'un week-end pluvieux et ennuyeux à Deauville, elle se faisait appeler Natacha et lui avait comme petit nom Yves, Annie l'appelait Yvon. Je sentais toujours quand Annie avait quelque chose à me demander, d'abord je ne payais pas mes consommations, ensuite elle se collait à moi comme si j'étais le mari et l'autre derrière son comptoir l'étranger.

"Natacha et Yvon sont des amis intimes, ils ont un service à te demander."

De la main gauche elle tétait une cigarette, sa main droite était posée sur ma braguette où elle pressait doucement ma queue.

"Vous connaissez de réputation le Mammouth ?"

Les deux autres avaient baissé les yeux.

"C'est l'homme en qui j'ai le plus confiance."

Les présentations étaient faites autour d'une bouteille de champ'. J'avais déjà bien bu, je me tenais silencieux sans bouger.

"Voilà…"

C'est lui qui avait attaqué.

"J'ai un associé, un ami…"

Elle l'avait coupé méchamment.

"Pourquoi dis-tu que c'est un ami ! C'est un sale petit enculé qui essaie de nous mettre dans la merde !"

Sa mâchoire était dure, une seconde j'avais été surpris par les mots et le ton ordurier, mais je devinais qu'il était le fond de cette femme, lui était embarrassé, comme pas habitué. Malgré tout il continua sur le même registre.

"J'ai tout essayé pour trouver un arrangement avec lui."

Je le sentais sincère. Sans savoir je donnais tort à l'autre. Il poursuivit :

"Mais vraiment il me met dans une situation difficile."

Elle avait dit nous et lui disait il m'a mis, c'est lui qui prenait la décision.

"Pourriez-vous faire quelque chose ?"

Ce type voulait que je tue son associé, son ami, pour une raison qu'il ne voulait pas me raconter. Elle changea de place, vint s'asseoir à côté de moi.

"Annie nous a dit que nous pouvions vous faire confiance."

Sa robe du soir, sobre, laissait voir de petits seins.

"Vous savez, ce que vous me demandez est grave."

J'avais l'intention de dire à l'homme de laisser tomber son projet. Natacha avait dû passer entre les mains de deux, trois hommes cette nuit-là, je me demandais ce que faisait le mari pendant ce temps. Elle dit presque à mon oreille :

"Nous savons, nous avons bien réfléchi."

Elle regarda son mari sortir une enveloppe de sa poche et la lui tendre.

"Tenez."

Elle posa l'enveloppe là où se trouvait la main d'Annie, un peu plus haut, et laissa peser la sienne un instant. Il y avait dix plaques en billets tout neufs. J'ai dit d'accord à l'oreille de la femme, son parfum était lourd, je regardai Yvon et lui fis un signe de la tête.

– Vous vouliez dire non à ces deux-là alors que vous aviez dit oui sans hésiter pour le député Breuil ?

– Allez savoir pourquoi. Allez savoir pourquoi je disais oui ici et non là. Une question de temps.

– De temps ? Vous étiez plus vieux ?

– Non pas ce temps-là, une question d'atmosphère.

– Atmosphère ? Enfin ils vous ont donné, comment dites-vous ? Dix plaques ? Cela fait combien ?

– Heu... Cela fait... Eh bien, dix millions.

– Dix millions, cela m'étonnerait !

- Attendez, je retire deux zéros, cela fait cent mille francs. Cent mille avant, cent mille après.

- Vous savez le Mammouth, parfois vous avez l'air d'un demeuré. Donc pour deux cent mille francs vous alliez tuer quelqu'un que vous ne connaissiez pas, qui ne vous avait rien fait ?

- Attendez. Je crois que vous n'avez pas encore bien compris ce qu'est un voyou et ce qu'est le banditisme.

- Il est possible que vous ne le sachiez pas non plus. Ce que vous me racontez c'est votre vie, peut-être vous trompez-vous sur l'induction que vous opérez.

- Induction ?

- Les faits que vous me racontez, que vous avez vécus, ne forment pas automatiquement une règle générale. Surtout que vous avouez avoir vécu tout cela sans conscience.

- Vous voulez dire que ma fantasmagorie ne se serait pas arrêtée à la vie réelle ? J'aurais en quelque sorte fantasmé mes fantasmes, une sorte de boucle qui ne m'autoriserait pas à déduire quoi que ce soit de certain de mon expérience ? C'est possible ?

- ...

- Entre vie réelle et vie fantasmée il y a pourtant des points de passage obligés, des supports. Un mot peut être le support de la réalité ou d'un fantasme mais le mot reste le même. En effet, j'ai pu rêver mon banditisme puisque j'ai rêvé ma vie. Tous les voyous que j'ai connus s'entendaient sur une règle qui séparait définitivement le monde en deux camps, celui des caves et celui des voyous. Mon passage en prison avait renforcé cette idée de différence, de séparation, à tel point qu'Annie et son mari étaient devenus à mes yeux des caves, des demi-sels. Par leur conduite sans savoir-vivre, mes complices de la banlieue marquaient cette différence de manière grossière. Pour eux, Paris, les endroits où je les invitais étaient des lieux de cavestrons et, en bons voyous, ils ne désiraient faire aucun compromis. De cause à effet se compromettre avec une hôtesse de boîte c'était se compromettre avec la police. En cela aussi Mattei n'était pas un bandit mais juste un homme malhonnête. Pour lui le compromis était dans la nature de sa malhonnêteté.

- Et vous comment vous êtes-vous retrouvé le cul entre deux chaises ?

– Le monde s'est concrètement séparé en deux camps le jour de ma fugue. En quittant ma mère, ma famille, je me suis séparé des autres. Et il faut bien dire que les autres n'ont jamais cherché à me rattraper. Ils semblaient même assez contents de me voir de l'autre côté. Mes années de prison n'ont jamais scandalisé personne, bien au contraire. Ce n'est pas tellement que les autres voulaient me punir de ceci ou de cela, mais sans doute ont-ils pensé que mon placement en prison était une manière encore plus définitive, plus concrète de me voir sur l'autre bord. J'ai fugué de ma famille sans que personne vraiment ne s'en aperçoive, je me suis retrouvé en prison sans que personne n'y trouve à redire. En fuguant j'ai cru me soulager de ma famille, des autres, mais sans doute n'ai-je été soulagé que de leur soulagement. En fuguant je n'ai pas trouvé ma place, mais au moins n'étais-je plus à une place qui n'était pas la mienne, qui n'était pas reconnue par les autres comme la mienne. Mon plaisir de jeune fugueur dans ce quartier n'était que le soulagement d'être dans un no man's land où je semblais invisible mais voyeur. Je pouvais voler, manger dans les restaurants sans payer, courir sur l'Avenue comme un fantôme, personne ne s'intéressait à mes faits et gestes. Fantôme, vapeur, sans véritable existence je me suis donné de la chair en me proposant aux autres comme instrument. Fils esclave, jeune amant d'un vieux monsieur, loufiat, tueur à gages sans gages, Détenu particulièrement surveillé, je prenais une forme et un sens en me faisant instrument. L'assassinat de Breuil avait été possible parce que j'avais pressenti que je servais. Que je servais Mattei, que je croyais de mon milieu. Pendant l'instant où on s'adressait à moi j'existais. C'est pour cela que je refuse le mot manipulation. Sans doute que dans son vice d'épicière Annie croyait me manipuler, mais j'étais au-delà de sa manipulation, par la parole morbide qu'elle m'adressait, gonflé de la présence de Mattei, je prenais forme. Natacha et Yvon ne pouvaient pas me donner forme, ils faisaient partie du monde des caves, du monde des autres d'où j'avais fugué. Les dix plaques qu'ils m'avaient refilées, une fois empochées, étaient à moi. Je n'avais pas du tout l'intention de tuer qui que ce soit pour eux et encore moins pour de l'argent que j'avais déjà empoché.

– Et la parole d'honneur des voyous ?

– Elle ne marche qu'entre voyous. Et encore, même entre voyous elle est relative, non pas que les voyous aient moins d'honneur que les autres. Ce qui manque aux voyous ce n'est pas l'honneur mais la parole. Le crime est silencieux, non pas par vocation de faire silence, mais parce que la parole, les mots, les choses dites n'ont pas cours. Yvon n'avait pas posé de mots sur le crime qu'il me demandait de commettre et moi je n'en avais pas dit plus. Nous nous sommes acoquinés d'un clignement d'œil, fausse complicité. La chose s'était passée comme si de rien n'était, cela va sans dire, mais ce qui va sans dire n'existe pas, c'est peut-être l'une des caractéristiques du crime, la violence de l'acte non dit dans le monde des autres. L'honnêteté serait le contrat, l'interdit, là où les choses sont dites entre gens de même conscience, de même maturité. La malhonnêteté jusqu'au crime c'est ce qui n'est pas dit, ce qui est à peine dit ou de manière détournée, voilée, mensongère. Le crime ce n'est pas de voler mais d'interférer et quelquefois de briser le contrat que d'autres ont dit. L'attaque à main armée se caractérise par l'irruption du non-dit dans un lieu contractuel, par exemple une banque. La violence de la surprise, de l'attaque c'est qu'elle ne sera pas dite.

Le lendemain j'ai rencontré Natacha pour qu'elle me désigne la cible. C'était un grand bonhomme avec un loden vert et des lunettes. Elle m'avoua avoir été sa maîtresse derrière le dos de son mari, bien avant qu'ils ne commencent à partouzer. Elle me précisa cela en flirtant dans la voiture juste avant de me sucer la queue.

J'ai fait courir les choses, Natacha venait me rejoindre à mon hôtel pour me demander où en étaient mes préparations. Elle avait le même goût qu'Annie, une forte odeur de parfum lourd, de rouge à lèvres et de fond de teint. Elle jouissait un instant sous ma bouche ou sous ma queue, mais très vite reprenait son rôle de salope affranchie. Baiser avec un tueur a été un grand moment pour elle. Et puis elle a commencé à s'impatienter. Jusqu'au jour où elle a parlé de récupérer son argent en me disant : "Je suis surprise, monsieur Mattei nous avait dit que l'on pouvait compter sur toi." Je lui ai refilé une tarte, elle m'a regardé durement comme si ça lui plaisait, mon uppercut à l'estomac l'a pliée en deux, ce coup-ci elle s'est mise à pleurer. Nous avons baisé, elle m'a expliqué que c'était le vieux Corse qui les avait branchés sur Annie. Il a dit : "Je me suis armé un jeune qui pourra vous rendre ce service."

Je ne suis plus allé chez Annie et j'ai changé d'hôtel.

Mattei m'a fait dire qu'il voulait me parler. Il n'était pas seul au Cercle. Devant d'autres Corses il m'a dit : "Petit, tu m'as déçu, pourtant mes amis m'avaient prévenu de ne pas faire confiance à quelqu'un qui n'était pas de chez nous. Mais pour moi tu étais comme un neveu, quelqu'un de la famille, du Cercle. Maintenant il va falloir rendre l'argent."

Je tremblais de la tête aux pieds, au bord de la nausée, au bord des larmes. S'il m'avait parlé en tête-à-tête, je me serais peut-être mis à chialer. J'ai serré la crosse du revolver dans la poche de mon manteau.

"Vous savez, monsieur, vous ne devriez pas m'appeler petit, parce que je ne suis pas petit et je ne suis pas votre neveu parce que vous n'êtes pas mon oncle."

Il avait détourné la tête comme s'il ne m'entendait plus, comme si je n'étais pas là. Dans ma poche du pouce j'ai armé le marteau de mon 38. Ils étaient quatre, un vieux Corse s'est levé.

"Mammouth, attends, on est en train de se dire des trucs que l'on va regretter après."

Il m'a attrapé familièrement le bras droit, celui qui était armé.

"Viens avec moi.

– Le vieux allait me faire le travail à l'envers, je lui ai dit. Écoute, j'ai dépensé les dix plaques, si je trouve l'argent je rembourserai pour ne pas avoir d'embrouilles avec vous et ensuite chacun sa route."

Je n'ai jamais eu le temps de rembourser, mais je crois que je n'en ai jamais eu l'intention. Quelques jours plus tard la BRB[5] nous est tombée dessus au moment du fade, et je suis retourné à la case prison pour huit années. C'est peut-être ce qui m'a sauvé, sinon les Corses auraient fini par me buter, ou alors j'aurais fui, j'aurais fugué.

Ce deuxième passage en cabane s'est passé à l'identique du premier, QHS jusqu'au procès, DPS jusqu'à mon départ en centrale. L'instruction avait duré quatre années, le temps d'être transféré, avec les remises de peine je n'ai pas fait longtemps à la centrale de Saint-Martin-de-Ré. Pendant ces huit piges j'ai retrouvé mes potes

---

[5] Brigade de répression du banditisme.

braqueurs et je m'en suis fait d'autres. Certains venaient me voir pour côtoyer un porte-flingue de Mattei. Je les renvoyais en leur racontant mon embrouille avec le parrain du milieu corse, au fur et à mesure que les années passaient mes mots étaient plus durs, plus tranchants. Certains étaient déjà blancs de trouille à l'idée de devoir répéter mes critiques irrespectueuses à Mattei. Par contre ceux de la banlieue se régalaient de m'entendre prendre position contre le vieux Corse, certains devant moi se permettaient de l'appeler la marraine. Je n'aimais pas trop cette familiarité, je les stoppais en leur rappelant que le Vieux avait fait tuer suffisamment de malpolis pour qu'il soit respecté. Un jour autour d'une partie de poker les juifs ont pris contact.

"Oh fils! On sait qui tu es, à ta sortie viens nous voir."

Je leur ai expliqué qu'ils se trompaient sur mon compte.

Pour l'arrestation on nous avait balancés, certains commençaient à raconter que c'était peut-être Mattei. Les gens comme lui ont toujours fini par porter le chapeau, quelquefois le chapeau était sur la bonne tête.

Huit années sur onze, trois années de remise de peine pour bonne conduite. Chaque jour nous parlions braco. On se radicalisait : "Ils nous mettent des années alors que les bracos se passent sans violence, la prochaine fois il y aura pas de témoin pour raconter." Incapables de trouver une issue de secours nous décidions de taper plus fort. Fini les fusils à canon scié et les Colt 45 de papa, dans les couloirs et les cours de promenade les garçons parlaient 357 Magnum, kalachnikov et lance-roquettes antichars.

"On nous fait pas de cadeaux, on a pas de cadeaux à faire."

L'un d'entre nous sortait et se faisait buter en plein Paris par les condés qui lui avaient tendu une embuscade sur une attaque de convoi de fonds, les photos du mort disloqué sur le pavé parisien dans *Paris Match* ne faisaient que durcir notre détermination, le mot n'a jamais été aussi juste, nous étions déterminés. Nos fantasmes avaient perdu toute couleur ludique, ce n'était plus le jeu du gendarme et du voleur. En prison tout devient facile, dans les rêves sur dehors, le temps, l'espace se réduisent petit à petit. Je sentais bien que je m'enfonçais dans un marécage, le sol bougeait en dessous de mes pieds, je me raccrochais à mes rêves. »

« À ma sortie de prison je rejoignis directement le quartier. Des choses imperceptibles avaient changé comme un bruissement différent de tonalité. Je retrouvai Mado, qui m'avait fait la malle pendant les huit piges, elle tapinait chez les Arabes, rue Budapest. Un moitié Français moitié Arabe jouait le caïd dans la ruelle, portant ostensiblement calibre et grenade à la ceinture ; on le disait maqué avec le commissaire du quartier, en vérité il refourguait sa merde aux tapineuses sans mac et, avec sa bande de dealers, ils faisaient le service d'ordre pour les clients récalcitrants. Les filles squattaient des appartements insalubres qui appartenaient à la SNCF. Mado était passée d'alcoolo à toxico. En me voyant, le caïd du coin ne savait plus comment me dire l'honneur que je lui faisais à m'inviter dans sa merde. Heureusement le garçon avait une bonne mentale, sinon, il m'aurait bien proposé de me sucer la queue. Méchamment je piquai à Mado les trois francs cinquante qu'elle avait planqués pour sa dope. Je la voyais se gonfler à me présenter à ses copines de misère.

Un soir je me suis pointé chez Annie. La boîte à partouzes n'avait pas changé, même décor, mêmes girls, mêmes couples se mélangeant sans arriver à faire prendre la mayonnaise, même Annie. Elle et lui m'ont reçu à coups de coupettes, mais le cœur n'y était pas. J'étais arrivé environ une heure avant la fermeture, vers les cinq plombes. Les derniers clients partis j'ai demandé au mari s'il pouvait me passer un peu d'argent. Annie payait ses hôtesses, en revenant vers nous elle a dit : "Tu sais les affaires sont difficiles." Elle avait trois pascals dans la main, me les a tendus. J'ai dit au mari : "Dis à ta gonzesse que je ne suis pas d'humeur." Il avait compris, pas elle : "Écoute Mammouth, on ne te doit rien, c'est toi au contraire…"

Avec le gros automatique que je portais à la ceinture, je l'ai frappée à la pommette, elle s'est écroulée emportant avec elle trois hauts tabourets, le mari est resté sans bouger l'air triste : "Arrêtez, c'est inutile, je vais vous donner ce que vous voulez." Il n'y avait pas une fortune mais c'était une question de principe. Il m'a raccompagné à la porte sans aider sa femme : "Écoutez, ces choses-là nous dépassent, d'ailleurs on va fermer, j'ai l'intention d'ouvrir un restaurant dans le Berry. Si vous revenez, j'appellerai la police."

Dites donc, mon histoire ne semble plus beaucoup vous intéresser.

– Vous savez vos faits d'armes ne m'intéressent pas beaucoup en effet.

– Alors je n'ai plus rien à vous dire, il va bientôt faire jour, vous devriez partir.

– Pourquoi ne pas venir avec moi ?

– Je serais incapable de marcher.

– Je vais vous aider.

– M'aider. Plus personne ne peut m'aider, les choses posées sont irréversibles, je suis trop vieux et trop proche de la fin.

– Il semble qu'il en a toujours été ainsi, n'est-ce pas ?

– Non, bien sûr, il y a eu un moment où les choses auraient pu être autrement, un moment où j'ai été jeune, un moment où j'étais au commencement.

– Oui, quel moment ?

– Eh bien quand j'étais jeune.

– Vous avez été jeune ? Si vous avez été jeune, il y a eu un moment où vous avez été vieux ?

– Un moment ?

– Oui dans votre vie il y a eu des moments. Des moments où des choses ont pris fin et où d'autres ont commencé. Il y a eu des moments avant et des moments après. Il y a eu des saisons, des jours et des nuits, des anniversaires, des fêtes ?

– Oui… Bien sûr… Je veux dire il y a eu le jour où j'ai fugué de chez moi, enfin de chez ma mère.

– D'accord, cela vous me l'avez déjà raconté, mais vous vous rendez compte que vous avez fugué il y a plus de trente-cinq ans, il s'est passé d'autres choses ?

– D'autres choses… Trente-cinq ans ? Oui… j'ai été en prison et je suis sorti de prison.

– Oui plusieurs fois mais…

– Oui plusieurs fois… C'est-à-dire… j'ai fugué… il y a trente-cinq ans… Pourtant je me suis vu courir tout à l'heure sur l'Avenue.

– En vérité vous n'êtes pas trop vieux ou trop proche de la fin, en vérité vous n'avez peut-être pas commencé à vivre.

– À vivre ? Vous voulez dire vivre ?

– Oui, vivre tout simplement. Vous voyez, vous naissez, puis vous vivez tout simplement, tout banalement.

– Attendez… Attendez… Vous compliquez les choses.

– Je complique ? C'est moi qui complique ?

– Oui, vous me dites vivre, vivre tout simplement, mais avant cela j'avais des choses à faire.

– Vous, vous aviez des choses à faire ?

– Je ne vois pas ce qui est étonnant, tout le monde a des choses à faire !

– Avant de vivre ?

– Avant de mourir.

– Vous voulez dire que vous êtes né pour faire des choses avant de mourir ?

– Oui, exactement, c'est comme ça.

– Des choses à faire, comme par exemple aller en prison ou sortir de prison, tuer un homme ou attaquer des banques ?

– Oui, enfin…

– Ah oui, j'oubliais, jouir de la vie ? Donc maintenant vous allez mourir, vous avez fait des choses et vous avez joui.

– Oui, voilà, maintenant c'est fini, j'ai fait ce que j'avais à faire.

– Bon, alors tout va bien, et je ne peux pas vous aider.

– Non, vous ne pouvez pas.

– Vous n'allez peut-être pas mourir, le jour va se lever, la police va vous trouver, vous emmener, vous arrêter et vous irez en prison.

– En prison ! Encore…

– Oui le Mammouth, encore.

– C'est que je suis fatigué.

– Vous irez en prison pour jouir de la vie et faire ce que vous avez à faire. Vous êtes un homme fort, robuste, vous sortirez de nouveau de prison et vous ferez de nouveau ce que vous avez à faire pour jouir.

– Je pourrais faire comme vous dites, je pourrais vivre, bien que je ne voie pas trop ce que cela veut dire. Et puis j'aurais dû commencer avant.

– Sébastien, pour vivre il n'y a rien à faire, la vie vous a été donnée, sans marchandage, il y a juste à vivre et à protéger cette vie.

– Donnée par Dieu. Il est vrai que j'ai péché envers Dieu.

– Oubliez Dieu, vous verrez bien le moment venu si c'est Lui que vous devez remercier.

– Oublier Dieu ?

– Vous n'avez pas pensé à Lui jusqu'à présent et voilà que vous me le sortez de votre chapeau pour faire de nouveau diversion.

– Diversion ? Mais, Dieu...

– Il n'y a rien à faire, n'est-ce pas ? Tout plutôt que de revenir à vous.

– À moi... Mais... ce n'est pas ça l'important.

– Vous êtes *ça* ? Comment ça, *ça* ?

– Je veux dire avant moi.

– Et avant de vivre ?

– Oui, voilà, enfin... Vous ne voulez pas comprendre, j'ai eu des choses à faire ; vous, vous n'avez pas de choses à faire ?

– Si, sûrement, peut-être.

– Peut-être ?

– Écoutez, disons que c'est une question de chronologie.

– De chronologie ?

– Oui, c'est une chose que vous pouvez comprendre, vous en avez fait le carcan de toute votre vie, la fugue, la prison, l'après-prison et cætera. Donc, d'abord, avant de faire des choses, il faut, chronologiquement, vivre puis être vous.

– Oui bien sûr, c'est idiot ce que vous me dites là, c'est évident : pour faire des choses il faut vivre.

– Non, une nouvelle fois vous confondez les temps, vous croyez que c'est faire des choses qui fait vivre.

– Bien sûr vous êtes ce que vous faites.

– Vous avez donc à naître de vos actions ?

– Pardon ?

– Vous avez fait et ainsi vous avez été, vous êtes né.

– Mais non bien sûr, d'abord je suis né.

– Bien, bien, nous voilà d'accord sur la chronologie. D'abord vous êtes né.

– Bien sûr comme tout le monde.

– Et, au moment de votre naissance la vie vous a été offerte ?

– Oui…

– À vous ?

– À moi, c'est-à-dire, la vie…

– Vous êtes né, vous êtes devenu vivant, vous ?

– Moi.

– Pas un autre, ou un autre vous ?

– Non.

– Vous, vivant.

– Moi.

– Et ensuite qu'êtes-vous devenu ?

– Devenu ?…

– Oui.

– Je ne sais pas.

– Vous ne savez pas !

– Attendez, je… je pourrais aussi me mettre une balle dans la tête ?

– Voilà une grande idée ! Vous mettre une balle dans la tête, voilà une idée nouvelle, vous voilà de nouveau en terrain connu.

– En terrain connu ?

– Oui, tirer une balle dans la tête des gens c'est une chose que vous savez faire. Et en finir avec quoi, puisque vous n'avez rien commencé ?

– En finir avec vous et vos questions et vos histoires de chronologie.

– En finir avec moi, vous pourriez me tirer une balle dans la tête ?

– Racontez pas de conneries.

– Pourquoi me tuer moi ou vous tuer vous, n'est-ce pas une même manière d'en finir ?

– Non, pas vous.

– Pourquoi ? Parce que vous avez de nouveau placé quelque chose avant vous ? Il y a à faire des choses, à jouir, il y a moi et puis il y a vous ? Je vous parle de vivre, de vous, de commencer, et vous, vous me répondez par la mort, la néantisation de vous-même, la fin.

Faites un effort Sébastien, accompagnez-moi un moment, vous êtes né en même temps que la vie, on ne sait pas si Dieu a été dans le coup, mais si vous vous retournez dans cet ordre, ce que vous voyez en premier c'est l'endroit d'où vous êtes sorti, le ventre de votre mère.

– Ma mère.

– Oui, votre mère comme début. Non pas la mère que vous avez connue plus tard celle que vous avez confondue, la mère de la confusion, mais la mère du départ, du devenir, la mère qui expulse d'elle-même pour projeter, pour jeter hors d'elle, donnant naissance.

– Ma mère...

– Oui, n'avez-vous jamais pensé à elle ainsi ?

– Non jamais.

– Vous voilà avec un lieu de départ, la sortie du ventre de votre mère. Vous voilà avec un cadeau, un don, la vie et tout l'outillage pour devenir.

– L'outillage ?

– Vous êtes vous. En première chose, avant toute chose.

– Égoïste ?

– Non, pas égoïste car l'égoïste fait encore passer les autres avant lui-même. Regardez-vous mon ami, mon cher ami, regardez-vous, vous êtes vous, en chair et en os, vivant, présent, avec un a priori que la nature remplit en grande partie, vous protéger, protéger le don. Vous y voilà. Y êtes-vous ? Êtes-vous là ? »

De mon corps s'écoulent mon sang et toute l'eau de mes pleurs. Je ne pleure pas sur moi, je pleure sur l'enfant qui naît. Je pleure sur le ventre de ma mère que je n'ai pas reconnu. Non plus pour y retourner mais pour m'en souvenir. Je pleure sur son ventre comme j'aurais dû pleurer mon premier jour d'école, emporté loin d'elle par la main protectrice de mon père. Et, au lieu de me dire reviens, elle m'aurait dit deviens. Me voilà en pleurs et en sang.

« Mais il est trop tard...

– Une nouvelle fois vous n'êtes pas dans le temps chronologique, il n'est jamais trop tard pour être. Vous êtes. La seule chose qui vous manque c'est d'en prendre conscience. Conscience d'être. Conscience d'être vivant. Dans un temps entre une naissance et une fin.

– Vous voulez dire que je n'ai rien à faire, rien à rajouter au fait d'être. Juste profiter du don d'être vivant. Rien à faire, aucune obligation envers les autres, envers moi-même. Cela me paraît si simple, trop simple, vivre est plus compliqué que cela. Si vivre était aussi simple que vous le prétendez, cela m'aurait sauté à l'esprit immédiatement.

– Est-ce vivre qui est compliqué ou vous qui avez compliqué votre manière de vivre ? D'ailleurs le mot compliqué n'est pas juste, à y bien regarder, votre vie a été assez simplette. Vous vous êtes réfugié dans ce quartier, vous l'avez quitté pour être enfermé. Et, comme vous me l'avez expliqué, vos histoires n'étaient pas plus compliquées que des jeux d'enfants. Vous avez passé l'argent volé dans les banques directement dans les poches et les tiroirs-caisses de ces gens qui vivent et travaillent la nuit comme des papillons voletant autour de la lumière. Vous avez baisé des femmes comme on baise dans les films pornos, à coups de langue et de queue. Et vous avez appelé cela faire des choses et jouir de la vie.

Maintenant vous boudez, vous apercevant que vous avez oublié d'être et oublié de vivre. Vous ne voulez pas que je vous aide, vous proposant de vous tirer une balle pour en finir. Mais vous n'êtes pas un homme à vous suicider, le Mammouth. Vous êtes indécis. Vous avez compris le chemin à prendre, vous avez la trouille, non pas parce que le chemin est dangereux, bien au contraire, mais devant son évidence, sa simplicité, un chemin où il n'y a qu'à être et rien à faire. »

« Comment voulez-vous m'aider ?

– Vous pourriez vous mettre debout et vous appuyer sur moi, nous irions ainsi jusque chez moi, je n'habite pas très loin.

– Où ça ?

– Juste là, au début de l'avenue Matignon, au dernier étage. Il y a un ascenseur, la concierge est discrète et les gens ne sortent pas de chez eux de si bonne heure.

– Et ensuite ?

– Ensuite j'appellerai...

– La police ?

– Si j'avais dû appeler la police, il y a longtemps que je l'aurais fait. Et pourquoi prendre la peine de vous monter jusque chez moi ?

– Vous avez raison ce n'est pas la peine, je m'en voudrais de vous déranger, de salir chez vous, vous avez déjà été bien bonne.

– Mais qu'est-ce que vous croyez, Sébastien, vous voudriez que je vous prenne à la légère ? Vous connaître, vous aider est en effet une peine, une chose pénible, vous croyez que je suis faite pour soutenir un homme tel que vous, aussi lourd que vous, car vous êtes lourd, c'est pour cela que vos amis vous ont appelé le Mammouth, vous êtes lourd, vous êtes ancien, vous êtes en voie de disparition. Tout en vous me fait peine, tout en vous est pénible. Vous vous êtes fait de la peine, vous en avez causé aux autres, vous vous laissez enfermer en pénitence, rien chez vous n'est facile.

– Alors pourquoi m'aider ?

– Je vous l'ai déjà dit.

– Ah oui, je n'ai pas entendu ?

– Il y a des choses que vous avez du mal à entendre.

– Comme quoi ?

– Je veux vous aider, prendre de la peine à vous aider, vous porter, me charger de vous, le temps d'aller en lieu sûr, parce que je vous aime.

– Vous m'aimez, ne croyez-vous pas qu'il y a d'autres lascars à aimer, moins compliqués ?

– Vous croyez, c'est un peu votre truc ça, vous ne pouvez jamais laisser les choses venir en soi, d'elles-mêmes, sans rien faire, sans calcul. Il faut toujours qu'il y ait une cause, un acte, une conséquence. Vous croyez que tout doit passer par vous pour exister. Ce qui vous surprend ce n'est pas que je vous aime, vous avez l'habitude que les femmes vous aiment, ce que vous ne comprenez pas c'est comment je peux vous aimer maintenant, dans l'état où vous êtes, sans force, sans faux-semblant de pouvoir, sans la seule puissance que vous ayez jamais eue celle de votre arme que vous avez jetée. Pas d'artifices, pas d'amour, pas de choses à faire, pas de vie, pas de gens à servir, pas de moi. Je vous aime, cela est venu par soi-même, c'est là, ça existe en moi, sans volonté, sans le faire exprès, l'amour est aussi un don gratuit.

– Dites donc, si j'avais su que tant de choses étaient gratuites, j'aurais pas fait le voleur.

– Vous avez raison, à bien y regarder le voleur ne se vole que lui-même. Il entre dans une maison par effraction, la nuit, par la porte de derrière pour voler, piller, saccager sans s'apercevoir que c'est sa propre maison qu'il est en train de détruire.

– Alors vous m'aimez et cela vous oblige à m'aider ?

– Non Mammouth ! Non ! C'est vous qui vous croyez toujours obligé, dans l'obligation de faire, vous aimez ou vous croyez aimer et vous voilà obligé. Sans l'obligation la chose n'existe pas, n'est-ce pas ? Mais quelquefois vous vous chargez de telles obligations, si lourdes, presque inhumaines, que vous fuyez, vous fuguez, vous allez faire un tour en prison. Vous avez cru que l'amour de votre mère vous mettait dans l'obligation de faire des choses pour payer votre dette et en faisant ainsi vous donniez corps à votre propre amour.

– Bien sûr l'amour c'est comme ça, la vie c'est comme ça, le monde est comme ça.

– Le monde est comme il est, nous n'avons pas le temps de parler de lui, nous parlions de vous.

– Moi, quand j'aime je suis prêt à sacrifier ma vie pour l'être aimé.

– L'être aimé : votre mère, Annie, Mattei… Sacrifier votre vie… Comment auriez-vous pu sacrifier quelque chose que vous ne connaissiez pas ? De cause à effet on aime, on se sacrifie ?

- Non, bien sûr, ça dépend de l'autre. Vous offrez votre amour et l'autre en fait ce qu'il en veut. Si l'autre vous aime réellement alors il ne vous fait pas de mal, sinon il vous trompe, il vous manipule.

- Ainsi vous donnez votre amour à l'autre et vous donnez votre vie ?

- Oui.

- Possession. Pouvoir. Marchandage. Racket. Échange de dupes... La vie, l'amour sont des dons, des choses en soi qui viennent d'elles-mêmes ou qui ne viennent pas.

- Je ne vous crois pas, il y a des choses à faire.

- Vous croyez que pour chaque chose, chaque instant, chaque circonstance, chaque personne il faut faire quelque chose, vous croyez que le monde, la vie est un grand magma de choses à faire, vous êtes, avez-vous fait quelque chose pour cela ?

- Non. Mais après.

- Votre cœur bat faites-vous quelque chose pour cela, lui dites-vous à chaque pulsation bats, bats, bats ?

- Non. Vous m'embrouillez. Vous me déclarez que vous m'aimez, vous me dites que vous voulez m'aider quitte à prendre de la peine.

- L'amour est né en moi pour vous. Je veux vous aider, non pas parce que je vous aime, mais parce que vous avez besoin d'aide. Si vous n'aviez pas besoin d'aide, l'amour serait vivant tout de même. Je ne vous aime pas parce que je fais quelque chose pour vous, vous aimer ne me place dans aucune obligation, je suis libre et l'amour n'est pas une prison. Pour une fois voyez l'autre pour ce qu'il est et non pas pour ce que vous pouvez lui apporter ou lui prendre.

- Et vous n'appellerez pas la police ?

- Mais pourquoi voulez-vous que j'appelle la police ? Qu'est-ce que la police vient faire dans notre histoire ? C'est votre côté partouzeur, il faut toujours qu'il y ait quelqu'un d'autre pour tenir la chandelle, les amants de votre mère, les cellules à plusieurs, les boîtes, les tribunaux, la censure du courrier, le surveillant qui vous mate.

- Vous confondez tout. Je suis un assassin, un voleur, un méchant, la morale veut mon arrestation.

- Cela vous regarde, vous avez de nouveau besoin de purger votre peine, comme on se purge de sa merde, vous n'avez qu'à vous dénoncer vous-même, je ne ferai pas ce sale boulot pour vous.

D'ailleurs ce n'est que partie remise, Mammouth, comme je vous connais, vous allez vous remettre sur pied et vous trouverez bien un moyen de vous faire de nouveau envoyer en prison, pour cela vous n'avez besoin de l'aide de personne.

– J'y pense !

– Oui ?

– Cela fait trente-cinq ans que je vis dans ce quartier et je n'ai jamais dépassé le premier étage du Cercle de la Marine, je ne connais que les rez-de-chaussée des bars et les sous-sols des boîtes, monter jusqu'à chez vous serait une première. Alors vous voulez m'aider ?

– Oui si vous le désirez, si vous le désirez vraiment, si vous désirez vous aider.

– Tout le monde a besoin d'aide, tout le monde aimerait être aidé. Les gens ne cessent de pleurer partout dans le monde : aidez-nous, aidez-nous, nous avons le droit d'être aidés, vous avez le devoir d'aider. Moi je n'ai jamais voulu vivre en pleureur et si quelquefois…

– Souvent…

– Et si quelquefois j'ai eu besoin d'aide, je me suis toujours refusé d'en demander, de réclamer l'aumône, la pitié j'ai toujours trouvé cela déshonorant, c'est sans doute pour cela que je suis devenu voleur. Le voleur plutôt que de demander préfère prendre.

– Bien souvent les demandes d'aide ratent leur cible. Celui-ci demande à être aidé ici et en vérité c'est là qu'il a besoin d'aide. Le voleur fait de même, il s'invente des besoins et vole le superflu, la preuve c'est qu'une fois son crime accompli il n'a de cesse de dépenser ce qu'il a volé. Pour réclamer l'aide de l'autre il faut trois choses, d'abord il faut avoir conscience de soi, se connaître, savoir qui on est et où on en est, où on se situe, dans quel temps, dans quel mouvement ; ensuite il faut avoir conscience de l'autre, le connaître, savoir ce qu'il est, reconnaître sa place, mesurer la distance entre lui et vous, s'adresser à lui dans une concordance de temps et de mouvement, sous une forme connue des deux ; enfin il faut que la demande d'aide soit essentielle, avant de réclamer l'aide de l'autre il faut faire le tour de toutes les solutions personnelles, sans cela la demande devient de l'assistanat malsain ou une relation amoureuse. Vous le voyez, rien à voir avec l'aide que vous qualifiez de déshonorante ou le vol.

– Je pourrais rester sur ce banc jusqu'à ce que la mort se charge de moi.

- La mort ou la police. Quelquefois ne pas demander de l'aide c'est se placer entre les mains de quelqu'un d'autre. N'êtes-vous pas assez cher à vous-même pour que vous cherchiez pour une fois à échapper à la mort et à la police, plutôt que de tomber dans leurs bras comme d'habitude ? Le rituel du kamikaze semblait le rendre libre de mourir volontairement pour une cause, une idée qui le dépassait, en vérité ce rituel lui interdisait de vivre, il remettait sa volonté à d'autres qui le prenaient en charge. Prisonnier de ses fantasmes, de ses croyances, il s'asseyait dans son avion comme vous sur ce banc et attendait la mort. On s'est trompé en croyant qu'il volait vers la mort, en vérité il ne bougeait pas, il attendait de mourir sans le savoir, recouvert de fantasmes il se prenait pour un kamikaze et c'est le kamikaze qui pilotait l'avion, incapable d'être sujet il avait choisi dans un faux choix le personnage de kamikaze. Voulez-vous descendre de votre avion, vous lever de votre banc ?

- Et que se passera-t-il ?

- Vous verrez que beaucoup de choses étaient sans fondement, sans sens, vous verrez qu'un autre prendra votre place dans l'avion et que vous n'étiez pas aussi important que cela à cette place.

- D'accord, aidez-moi.

- Pourquoi ?

- Parce que vous m'aimez.

- Non, vous ne pouvez pas me demander de l'aide pour une raison qui ne vous appartient pas. Vous ne pouvez pas vous décharger sur moi de l'aide dont vous vous avez besoin.

- Si je comprends bien, vous me demandez une raison pour m'aider ?

- Je ne vous demande rien, vos raisons ne sont pas les miennes. L'aide que je désire vous apporter n'est pas l'aide dont vous avez essentiellement besoin. S'aider ce n'est pas se mélanger c'est se rencontrer, aider ce n'est pas prendre en charge mais donner librement. Cherchez, cherchez en vous une raison essentielle, cherchez en vous l'essence, l'a priori qui devrait construire votre raison, pour la première fois de votre vie tendez-vous la main à vous-même, tirez-vous de là et tendez-moi la main pour que je vous aide.

- Même si j'arrive à me lever...

- Je vous invite chez moi, vous serez en sécurité, j'appellerai un ami qui vous soignera, qui saura quoi faire pour votre blessure. Vous pourrez vous reposer, vous laver, changer d'habits.

- Et ensuite ?

- Ensuite les circonstances, la vie présentera ses événements, par vous-même pour une fois vous ferez des choix.

- Vous voulez dire qu'il faudra que je me constitue prisonnier pour payer ma dette ?

- Encore, toujours la même obsession, vous envoyer en prison, vous remettre entre les mains d'autres, payer, s'inventer une dette. Vous croyez que la prison cessera de tourner si vous n'allez pas y faire votre petit tour, un autre abruti vous remplacera sans problème, des gens pour faire exister la prison ce n'est pas ce qui manque. Laissez tomber ce marchandage d'épicier, laissez venir les événements et, en votre âme et conscience, sans plus vous en remettre à d'autres, décidez de votre choix.

- D'accord !

- Donnez-moi la main, je vais vous aider à vous lever et à marcher.

- Écoutez, si je peux me lever, je pourrai le faire sans aide, je me sens la force de me relever. Même à cette heure-ci notre couple, moi pesant sur vous risque de ne pas passer inaperçu. Allez en avant, ouvrez-moi le chemin, je vous suis. À quel étage ?

- Au septième, vous êtes sûr de pouvoir vous débrouiller tout seul ?

- Oui il me semble que je vais pouvoir m'en sortir tout seul pour venir jusqu'à vous.

- Vous croyez ?

- Oui, vraiment je me sens bien, donnez-moi le code pour que je puisse entrer.

- Il n'y a pas de code, la voie est libre et je vous attends, la porte de chez moi ouverte. Prenez l'ascenseur qui vous élèvera jusqu'au septième, appuyez avec insistance sur le bouton, l'appareil a besoin d'un temps pour se mettre en branle, je vous attends.

- Attendez-moi là-haut mais partez avant moi, allez-y je viens. »

Elle a ramassé mon chapeau, lui a redonné forme et me l'a tendu.

« Alors je vous attends mon ami.

- Oui. »

Et elle est partie.

Son départ a fait comme un déchirement, tout le froid de la nuit a semblé envahir mon âme, j'ai cru perdre pied, j'ai cherché où, à qui me raccrocher, j'ai failli m'inventer un fantasme, me tromper pour ne pas voir ma solitude, pour ne pas ressentir ma solitude.

Mais je ne suis pas seul puisque je suis. La froideur de la nuit qui, je le croyais à l'instant, allait m'engloutir, me permet maintenant de prendre une grande bouffée d'air frais. Je sens l'odeur des plantes et de la terre humide derrière moi, l'odeur du feuillage des arbres, je peux sentir le parfum sableux de leur tronc. Une voiture passe sur l'Avenue, odeur d'essence. Un homme au volant, une femme à côté de lui. Je les ai vus comme si la voiture était passée au ralenti, je me réjouis de ce couple qui vient de passer. Si ma blessure ne me faisait pas mal, je pourrais rire de joie à voir ce couple passer. Nouvelle sensation pour moi, j'ai vu ces gens, j'ai remarqué leur présence à quelques mètres de moi, j'ai ressenti avec bonheur qu'ils existaient en dehors, qu'ils avaient leur vie et que moi j'existais sans eux, qu'ils pouvaient passer et vivre leur vie sans que je perde quoi que ce soit de la mienne. Enfin je connaissais cela : les plantes derrière et la terre, le feuillage en haut, le tronc à ma gauche, le couple passant là-bas et moi, chaque chose séparée, à distance l'une de l'autre.

Comment être solitaire quand on est au monde entre présence et distance. La solitude n'existe que pour celui qui vit dans la confusion. Je suis seul, être c'est être seul, mais parce que je suis seul, voilà que s'ouvre à moi tout le bonheur du chemin vers elle.

Déchargé de la promiscuité, des obligations sans fondement, de la confusion des genres et des temps, me voilà allégé. Pour la première fois de ma vie je vais faire un pas en avant, un vrai pas, moi et pas un autre, moi avançant et libre d'aller.

Je vais me lever, je m'en sens la force. Je vais aller jusqu'à elle, prendre soin de moi. J'ai encore des choses à lui dire, des choses à lui demander et à écouter.

Bien sûr je regrette, tout mon être est attristé par le regret. Je ne cherche aucune circonstance atténuante. Je ne pourrais même pas dégager une explication. Ces choses en quelque sorte se sont passées sans moi. On dit marcher à côté de ses pompes, mais c'est déjà marcher et être à côté. Ceux qui vivent à côté de leurs pompes en général sont suffisamment lucides pour le savoir et le reconnaître. Le clochard sale, mal embouché, avec le litron de Kiravi onze degrés cinq dans la poche, qui n'a rien à dire à la télévision, sans discours sur la précarité. Le clochard qui ne veut parler à personne, qui n'a rien à dire, qui emmerde le monde entier, lui jetant des invectives de sa voix pâteuse, racleuse. Je vous parle de la cloche, du clochard qui, même au plus profond de son ivrognerie, se connaît comme clochard et qui n'a aucune prétention à donner des leçons au monde. J'en ai croisé un ou deux en prison, même l'administration n'arrivait pas à en faire des prisonniers, ils étaient au-delà des rôles, des personnages récurrents et communs, ils marchaient à côté de leurs pompes et donnaient au monde cette enveloppe de chair qui les représentait aux yeux des autres dont ils étaient séparés.

Dans ma vie de truand je n'aurai même pas connu cette sorte de lucidité. Contrairement au clochard, à son opposé, j'ai vécu enfermé en moi-même, prisonnier à perpète d'un personnage. Non pas un personnage que j'aurais fait vivre à côté de moi, malgré moi, un personnage auquel j'aurais pu échapper, quelquefois me défaire. Je n'ai pas joué un personnage c'est mon personnage qui s'est joué de moi. Je ne me suis pas trompé en revêtant le costume d'un autre, le personnage s'est construit de l'intérieur, gonflant comme une chambre à air et finissant par me donner la forme du personnage.

Aucun moyen dans ces conditions de marcher à côté de ses pompes, de pouvoir regarder le personnage que j'étais en train de jouer. Impossible de me stopper et d'entrapercevoir mon personnage jouer sans moi.

Le rôle que j'ai joué était tellement imbriqué avec moi-même qu'il me serait bien difficile maintenant de dire lequel j'ai bien pu tenir.

La balle que j'ai reçue a crevé la baudruche et mon personnage aussi léger que l'air s'est échappé. Je n'en garde que la vague mémoire de quelques répliques. Ce qui est extraordinaire, contrairement à mes craintes, c'est que je ne me suis pas dégonflé comme un vieux ballon. Je regrette, si j'avais su, de ne pas avoir ouvert la valve bien avant, mais j'avais si peur de me dégonfler. Au contraire je me sens bien, solide, droit, structuré. Je regrette. J'aurais pu faire tant de choses avec ce que je suis, l'être que je découvre.

Quel âge pouvait-il avoir ? 70 ans, peut-être plus.

Cela faisait des années que je ne l'avais pas revu.

Pourquoi me donner rendez-vous ce soir-là au Cercle de la Marine ?

Que voulait-il exactement ?

« Mammouth… Le Vieux aimerait te voir… Ce soir… Au Cercle… »

Le patron d'un petit bistrot rue Jean-Mermoz où j'avais mes habitudes d'apéro du soir m'avait fait la commission.

Je me suis demandé ce qu'il me voulait, j'étais assez content de répondre à son invitation, presque joyeux à l'idée de revoir Mattei après tant d'années.

Entre nous les choses s'étaient envenimées sans que ni l'un ni l'autre y soient pour quelque chose.

Les gens du quartier, les gens de la nuit racontaient des fables.

On racontait que je faisais ce que je voulais sur le territoire de Mattei, que le Vieux n'avait pas assez de couilles pour me stopper.

Lorsqu'un Corse se faisait fumer à la sortie d'un bar ou d'une boîte de nuit, certaines mauvaises langues racontaient que le tireur derrière la moto pouvait bien être le Mammouth.

L'équipe des juifs s'était fait exterminer dans une embuscade, un rendez-vous avec des juges de paix dans un bistrot. Des lascars étaient entrés, casques intégrals, calibres, fusils à pompe et avaient tiré dans le tas.

On racontait qu'une autre équipe de feujes avait repris la relève, des plus teigneux, des plus marlous. L'un d'entre eux s'était ramassé une balle de 45 rue Blondel.

Quelqu'un m'avait balancé, non-lieu au bout de deux ans de cabane.

Certains racontaient en catimini que Mattei avait prononcé mon nom sur ce coup-là, je n'ai jamais voulu y croire mais j'ai laissé dire.

En vérité je ne marchais sur les plates-bandes de personne.

Je continuais mes bracos et une petite gonzesse tapinait pour moi rue Tilsit.

La plupart du temps je lui laissais la comptée.

La girl s'était proposée d'elle-même pour le tapin, j'avais accepté, comme ça, par principe.

Un petit lot avec de gros nichons et une bouche pulpeuse.

Je la tringlais, trop souvent, elle me faisait bander.

Pour les bracos je m'étais spécialisé dans les attaques de bijouteries avec trois autres complices, dont une gonzesse mariée avec un garçon enchristé.

J'avais fait une entorse à la Mentale en baisant avec la frangine, mais je payais l'avocat du lascar.

Les jours de visite j'accompagnais la salope. Devant la prison, elle me suçait la queue et, ensuite, allait montrer ses nichons derrière l'hygiaphone à son mari.

Je refourguais à un bon prix une partie des bijoux, les plus grosses pièces dans le quartier.

Le Cercle était ouvert, il y avait du monde dans la salle de jeux, au comptoir et au restaurant où Mattei m'attendait attablé.

À côté de lui un jeune mec d'une vingtaine d'années avec un long nez en lame de couteau courbe.

En me voyant, Mattei m'a fait un signe de bienvenue.

Il m'a proposé une chaise, une coupe de champagne, sans me présenter le jeune type.

J'étais mal, je tournais le dos à la salle.

Derrière Mattei une fenêtre donnait sur la rue Washington, dans l'immeuble d'en face je pouvais voir des silhouettes passer dans le cadre d'une fenêtre éclairée d'une lumière douce.

En vieillissant le Vieux tenait de moins en moins l'alcool, apparemment il était déjà fait.

Il ne m'adressa pas la parole tout de suite finissant une assiette de saumon fumé qui trempait dans le citron.

Lorsqu'il avait bu, il mangeait la moitié des mots et il avait toujours gardé un fort accent corse.

Aux tables autour on parlait bruyamment en français ou en corse.

Mattei m'adressait la parole mais je ne comprenais pas bien ce qu'il me disait.

« Tu es sorti quand petit ?

– Il y a deux mois. »

Je venais de tirer six ans pour les bijouteries.

Balancé par le cocu en prison qui avait obtenu une conditionnelle et enfoncé par la salope qui avait raconté que je l'avais forcée à être ma complice, liberté provisoire pour elle.

J'ai appris en prison qu'ils s'étaient remis ensemble.

« De tremper sa queue où il faut pas ça porte la poisse », rigole Mattei.

Il parle au jeune, en corse, le jeune rigole aussi, deux, trois secondes.

Moi je souris.

Je regrette d'être venu.

Je ne sais pas ce que le Vieux a voulu prouver en m'invitant au milieu de tous ces gens.

Je ressens un profond sentiment de tristesse.

Le brouhaha autour de moi se fait mur capitonné.

Mattei me parle de nouveau, je me penche vers lui pour tendre l'oreille.

« Ça te fait combien d'années en tout ?

– Vingt-trois ans... »

Il fait la moue.

« Tu sais ce que je pense de la prison ?...

– Non ?

– La prison c'est fait pour les minables, les gagne-petit. Une fois qu'un homme a été en prison, on ne peut plus lui faire confiance. C'est comme si un ver lui rongeait l'intérieur pour en faire un perdant à tout jamais. »

Je me penche pour lui parler, suffisamment fort pour que le jeune entende.

« Tu as raison, c'est vrai, pour passer sa vie en prison, multirécidiviste, il faut être un minable, un loser, un braquaillon. »

Il me regarde, ses yeux sont durs, pleins de haine, j'en suis surpris, qu'est-ce que j'ai bien pu faire à ce mec ?

« Tu as raison, mais tu sais, le Vieux, malgré toute la prison passée et à venir, je n'échangerais pas une seconde ma vie contre la tienne. »

Je me suis levé.

«Dès le début j'aurais pas dû te faire confiance.»

Ce coup-ci je l'ai entendu parfaitement et la table d'à côté aussi.

«On ne doit pas faire confiance à un petit voyou minable qui sert de gonzesse à un pédéraste.»

Il tendait son visage à la peau collée aux pommettes et au front, le nez était comme celui du jeune mec qui avait bougé, le cou de Mattei sortait du col de sa chemise trop large pour lui.

Il n'avait pas fini sa phrase que je dégainais mon calibre, il a pris la bastos au-dessus de l'œil gauche, un autre coup de feu a tonné, une balle est entrée dans ma poitrine, j'ai tiré une seconde fois, le jeune Corse s'est plié en deux.

Les Champs-Élysées étaient encore remplis de monde, le Luger à la main je me suis mis à courir.

On ne devrait conjuguer le verbe être qu'au présent, à la première, deuxième et troisième personne exclusivement.

Le verbe, le temps et les personnes de la conscience.

La trinité : je, tu, il.

Je suis : connaissance.

Tu es : reconnaissance.

Il est : savoir.

On ne peut être qu'au présent, avoir été ne veut pas dire grand-chose et être demain est une prétention.

Le *vous* et le *ils* me semblent trop larges, trop nombreux pour que je puisse tout appréhender. Le *nous* me rappelle trop à la confusion, la bande, le clan, la famille, l'équipe, un *nous* qui empêche le *je*.

Et pour ce qui est du *nous* du couple je n'ai que le regret puisque, tout de même, il est trop tard.

En vérité je te le dis aujourd'hui tu seras avec moi au Paradis, c'est ainsi qu'Il parla à l'un des mauvais garçons crucifiés avec lui au lieu-dit le Crâne. Dans l'argot des flics, faire un crâne c'est arrêter un mauvais garçon.

Si seulement une arrestation pouvait arrêter quelque chose.

Un coup d'arrêt, une mise aux arrêts dans une maison d'arrêt.

Le passage à l'acte délictueux a ceci de particulier qu'une fois accompli, une fois passé, il est pour ainsi dire oublié, un oubli particulier, un oubli déformant.

« Tire et oublie. »

« Oublie et tire. »

Fantasmagories, mensonges avant et pendant le passage à l'acte immédiatement oublié.

Comment ensuite se souvenir ?

Et si l'on se souvient, de quoi se souvient-on ? Du mensonge, de la fantasmagorie...

Christ ne fait pas de détails dans ces cas-là, ce n'est pas un juge d'instruction tatillon, son pardon n'est pas ciblé, chirurgical.

Il pardonne.

Ou plus exactement il fait découler du repentir le pardon.

C'est peut-être là la seule arrestation réelle, celle qui stoppe et fait repartir.

Dans le repentir et dans le pardon il y a le lâcher-prise.

C'est-à-dire tout le contraire de l'arrestation, du jugement, de l'emprisonnement où personne ne veut lâcher prise.

« Aujourd'hui tu seras avec moi à la droite du Père. »

Aujourd'hui, à l'instant, maintenant.

Pas demain, mais pas hier non plus.

Pas de quiproquo, tout n'est pas dans tout.

Ce n'est pas d'avoir fait le truand qui ouvre la porte du Paradis, mais le repentir, l'éveil à l'autre.

Sur sa croix de vie et de mort, le larron s'aperçoit d'un seul coup qu'il y a l'autre à sa droite et à sa gauche, un autre là-bas, un autre ici.

J'imagine l'océan de regrets qui a dû le noyer à cet instant ultime de révélation.

S'éveiller au moment même de sa mise à mort.

Au cas où il n'y aurait pas de Paradis, car, aussi proche que je sois, je ne perçois toujours pas de Paradis, il existe quelque chose d'aussi exaltant c'est être.

Être tout simplement.

Être tout présentement.

Être, prendre conscience pleinement de cet état de choses, en dehors de sa volonté.

Être sans condition particulière.

Être ordinaire conforme à l'ordre normal des choses.

Forme, ordre et choses débarrassées, dépouillées, épurées du conformisme, des ordres et des Ordres et des choses objets.

Être ainsi, ressentir en soi l'évidence de l'être, de sa présence.

Je ne cherche pas à me consoler, je n'invente pas une nouvelle construction qui me serve à expliquer, à justifier.

Je ne peux m'empêcher de jubiler.

Sur le Crâne il y a deux malfaisants de même acabit, l'un comprend au dernier moment et l'autre reste con toute sa vie...

Je me suis relevé.

J'ai l'impression de me lever pour la première fois.

Les premiers pas d'un enfant qui lui servent à quitter sa mère.

C'est elle qui écarte ses bras, ses cuisses pour laisser libre, pour laisser se vivre la liberté a priori.

Je me suis relevé, le chemin à accomplir est plus léger, plus facile et surtout plus simple.

Rien n'a pourtant changé à l'extérieur, dans le monde, tout est exactement à la même place, même moi.

Rien n'est nouveau, j'ai juste pris conscience.

Sans rien changer je suis enfin devenu non pas un autre, mais moi-même.

Non pas un moi-même moitié imaginaire, moitié réalité, mais un être ordinaire se connaissant en tant que tel, naissant à lui-même, se prenant par la main.

L'enfant marche pour arriver jusqu'à lui-même, pour tomber dans ses propres bras.

Le chemin m'aura pris cinquante ans.

Brigitte et Laurent ont le bac.

À eux deux ils parlent quatre langues en plus du français.

Ne sachant pas trop quoi faire après les études, voulant allier sécurité de l'emploi et aventure humaine, avancement et prise de risques, ils ont choisi la police.

Entrés à l'École de police ensemble, sortis ensemble, elle première et lui deuxième de leur promotion, leur plan de carrière est tout tracé.

Elle veut devenir commissaire dans un service spécialisé dans la lutte contre le grand banditisme organisé, elle se voit déjà démanteler avec ses hommes des gangs de mafieux tous plus laids les uns que les autres. Lui se verrait bien chef du Groupe d'intervention de la Police nationale et ensuite se reconvertir dans le privé en fondant une société de gardes du corps pour VIP.

À cause des quatre langues ils ont été affectés au commissariat des Champs-Élysées pour aider les touristes à trouver leur chemin.

Les vieux flicards illettrés rigolent en leur disant que, en plus de l'anglais, l'allemand, l'italien et l'espagnol, ils auraient pu apprendre l'arabe et le rom, vu que les Champs ont été investis par des bandes de voleurs arabes et des mendiants tsiganes.

« De mon temps, lance un vieux flic, les voyous du quartier étaient des beaux mecs, des seigneurs. »

Toujours les mêmes histoires sur les voyous de l'ancien temps qui n'étaient pas encore connus comme mafieux.

Des histoires qui énervent les deux jeunes qui y voient de la complaisance.

Au petit matin ils quittent le commissariat place Clémenceau, traversent l'Avenue quasi déserte et commencent leur ronde dans le parc entre le théâtre Marigny et le théâtre des Ambassadeurs. Pas de voitures, pas de touristes, pas d'Arabes ni de Tsiganes à cette heure-là.

Mains dans le dos, le 357 Magnum au côté, ils marchent tranquillement parlant du dernier livre qu'ils ont lu ou du dernier spectacle.

Ils ont couché ensemble mais cela ne veut rien dire pour l'avenir.

Elle connaît déjà le nom de son futur, lui compte se laisser aller à quelques aventures qu'il espère piquantes avant de choisir la mère de ses enfants.

« Qu'est-ce que c'est ? »

Elle est plus attentive, prend son métier plus au sérieux, lui trouve ces rondes inutiles devant la tâche qui l'attend au GIPN.

« Je ne sais pas. »

Ils s'approchent.

Un tas de quelque chose est posé sur un banc au coin de l'avenue de Marigny.

Un tas de chiffons.

Des vêtements.

Une forme humaine.

« Un SDF ?

– Monsieur, s'il vous plaît, il faut vous lever, vous ne pouvez pas rester là...

– Vous avez vos papiers ?

– Il doit dormir ?

– Monsieur, s'il vous plaît, réveillez-vous, il faut vous lever... »

C'est elle qui tend la main gantée de blanc. Lui, toucher un clochard, il préfère éviter.

Du bout des doigts elle appuie d'une légère pression là où elle croit situer l'épaule.

« Monsieur, s'il vous plaît...

– Il a dû trop boire, il faut appeler le car...

– Monsieur !

– Regarde, tu as taché tes gants.

– Mais... c'est du sang... du sang ! »

Au même moment, un peu plus haut dans un kiosque arrivent les journaux du matin.

Le marchand lit à haute voix à la dame pipi :

« Règlement de comptes entre mafieux hier dans la soirée. Le célèbre caïd de la mafia corse Mattei a été abattu par un tueur professionnel bien connu des services de police. Celui-ci, Sébastien Desnoy, alias le Mammouth, est activement recherché.

Ce règlement de comptes, dernier d'une longue série, va réactiver la guerre des gangs pour la succession de Mattei et le partage du trafic de la drogue, de la traite des blanches et du racket à Paris.

On sait de source policière... »

FIN

TABLE DES MATIÈRES

First published in Thailand by BSN Press,
a division of Bangkok Services Network (BSN) Co., Ltd.
www.bkksn.com

Printed and bound in Thailand by Pimdee Co., Ltd.
www.pimdee.co.th

Cover and graphic design by Marc Dubois, Lausanne
www.marcdubois.ch

ISBN 978-616-90781-1-1